講談社文庫

新装版

梅安影法師

仕掛人・藤枝梅安 (六)

池波正太郎

講談社

目次

新装版 梅安影法師

仕掛人・藤枝梅安（六）

殺気の闇

（藤枝梅安《ふじえだばいあん》……あの恐ろしい男を、地獄《じごく》へ旅立たせるには、どうしたらいいのか……どのように料理したらいいか……）

鵜《う》ノ森《もり》の伊三蔵《いさぞう》の脳裡《のうり》に浮かぶのは、この一事のみであった。

伊三蔵は、温泉《ゆ》の中に身を埋め、両眼を閉じ、凝《じっ》とうごかぬ。

透明な温泉に、伊三蔵は一刻（二時間）も漬かっていることがある。湯はぬるいが、湯冷《ゆざ》めをすることはなかった。躰《からだ》が芯《しん》からあたたまって、ぐっすりと眠れるのだ。

湯小屋《ゆごや》の外は、雪が降りしきっている。

この年も、間もなく暮れようとしていた。

ここは、上州と越後の国境に近く、深い山間《やまあい》の、谷底である。

このあたりの猟師《りょうし》たちは、この温泉を、

「坊主《ぼうず》の湯」

などと、よんでいるらしい。

万病に効《き》くといわれている温泉は川床からふき出してい、これを岩と丸太で囲った浴槽へみちびき、板屋根をさしかけただけの湯小屋だし、冬は山道も雪に埋もれつくし、街道へ出るにも容易ではない。

このようなところゆえ、冬になると湯治《とうじ》の客もやって来ないが、伊三蔵は、もう一ヵ月も此処《ここ》にとどまっていた。

間《かん》一髪《いっぱつ》のところで、おもいもかけなかった邪魔が入り、藤枝梅安を殺すことができず、その場から逃げ去った自分を、鵜ノ森の伊三蔵は深く恥じている。

金ずくで人を殺す仕掛人として、あのような失敗をしたことは、これまでに一度もなかった伊三蔵なのだ。

しかも藤枝梅安は、その日のうちに単身で神田・明神下の山城屋へ乗り込み、白子《しろこ》屋《や》菊《きく》右衛《え》門《もん》を殺害して逃げたというではないか。

大坂の暗黒街を牛耳《ぎゅうじ》っているばかりでなく、江戸にも勢力を伸ばしつつあった白子屋菊右衛門は伊三蔵へ、梅安殺しを依頼した。

それだけに、

（あのとき、おれが梅安を殺《や》ってしまっておけば、白子屋の元締《もとじめ》に害はおよばなかったのだ）

おもうにつけても、おのれの失敗が悔《くや》まれてならぬ。

いま一息のところだったのだ。

（あのとき、障子が外側から開きさえしなかったら……）

障子を開け、伊三蔵へ石を投げつけ、すぐさま姿を消した田島一之助《かずのすけ》を、伊三蔵が知るはずもない。

（いまに見ろ、梅安。この仕返しはきっとするぜ）

伊三蔵の決意は、微塵《みじん》もゆるがぬ。

だが、患者になりすまし、治療に熱中している梅安の隙《すき》をねらって喉笛《のどぶえ》を掻き切るという仕掛けの方法は、失敗した以上、二度とつかえない。また、藤枝梅安は伊三蔵の顔を、決して忘れはすまい。

あれか、これか……と、仕掛けの方法を考え、考えあぐねて、

（これだ!!）

自信をもてるだけの妙案が、まだ浮かんではくれない。

あのとき、伊三蔵は梅安に診察されて、

「酒を絶《た》ちなさい。絶たぬと、二年ほどであの世へ行くことになる」

宣告を受けたものだ。

寝返りを打った伊三蔵が、隠し持った細い刃物をつかみ、梅安へ飛びかかったのはつぎの瞬間であったが、いまも、梅安の宣告だけは忘れていない。

たしかに、四十二歳になる伊三蔵の躰は、長年にわたる不摂生《ふせっせい》で襤褸布《ぼろぬの》のようになっていた。

いま、伊三蔵は酒を絶っている。

この谷間《たにあい》の温泉には、十年ほど前に太股《ふともも》の傷を癒《なお》しに来て、知っていたのだ。

(おれのいのちも、そう長くはねえだろうが……その前に、何としても藤枝梅安を殺《や》ってしまわなくては、白子屋の元締への義理が立たねえ。いや、仕掛人・鵜ノ森の伊三蔵の意地が立たねえ)

この一念である。

湯小屋の板屋根から、音をたてて雪が落ちた。

その音に、伊三蔵はふっと眼を開いたが、すぐに閉じた。

そのころ……。

藤枝梅安も、此処からは遥《はる》かに遠い土地の温泉にひたっていた。

一昨年の冬、剣客・小杉十五郎《こすぎじゅうごろう》、同じ仕掛人の彦次郎《ひこじろう》と共に長く滞在したこともあった伊豆の熱海《あたみ》の温泉へ、梅安が来てから半月ほどになる。

この春に白子屋菊右衛門を殺害し、旅へ出てからは、江戸の消息はぷつりと絶えた。

長年にわたっての、梅安と白子屋との確執《かくしつ》は、菊右衛門の死により、一応は終止符《しゅうしふ》が打たれたわけだが、これで、すべてが終ったとはおもえぬ。

白子屋の本拠《ほんきょ》である大坂には、菊右衛門の息のかかった仕掛人がいくらもいるし、何しろ、あれだけの暗黒街の巨頭《きょとう》だったのだから、

「藤枝梅安を生かしておいては、後《のち》のちのためにならねえ」

とばかり、選《え》りすぐった仕掛人たちが江戸へ下って来ているに相違ない。

だが、いまの梅安の脳裡に浮かぶのは、ただ一人の男の顔だけといってよい。

男の顔は、鵜ノ森の伊三蔵であった。

(あれだけの仕掛けをする男だ。このまま、引っ込んでいるはずはない)

それにしても、あの仕掛けは、まさに梅安の盲点《もうてん》をついたものであった。

鍼医《はり》として治療中の梅安は、他のことをすべて忘れ去っている。

あの男は、そこをねらってきた。

(尋常の仕掛人ではない)

この仕掛けをおもいついて、伊三蔵に実行させたのは、ほかならぬ白子屋菊右衛門だが、梅安はそれを知らぬ。

知らぬが、しかし、飛びかかって来る直前まで、あの男は患者になりきっていたのだ。よ

ほどに肚《はら》のすわった仕掛人でないと、あのまねはできない。

（あの男は、また、いつか、おれの前にあらわれるだろう）

はね起きて自分の喉笛をめがけて、刃物をふるったとき、あの男の、冷えた殺気がみなぎっていた眼を、梅安は、まざまざと思い起すことができる。

仕掛人としての自分を、あの男に置き替えてみたとき、梅安は、あの男の決意が、はっきりとわかるおもいがした。

（おれも、あのような失敗《しくじり》をしたなら、かならず仕返しをするだろう）

それが、この世界の掟《おきて》なのである。

藤枝梅安は湯壺からあがり、海に面した窓を開けた。

湯けむりが外へながれ出した。

少し前までいた湯治客も、みんな出て行ってしまったようだ。

温泉に火照《ほて》った梅安の巨軀を、冬の昼下りの大気が包んだ。

海は凪《な》いでいる。

鵜ノ森の伊三蔵がいる坊主の湯とはちがい、三方を山に囲まれ、東に海をのぞむ熱海は冬もあたたかく、めったに雪も降らぬ。

一昨年にくらべると宿屋も増え、湯治客も少なくない。

いま、梅安が入っている総湯《そうゆ》は浴槽も大きく、ひろく、温泉があふれ、脱衣場も立派なものだ。

梅安が泊っている宿は、糸川辺りから坂を上ったところにある〔角兵衛《かくべえ》の湯〕で、内湯《うちゆ》も
あるが、梅安は大きな浴槽をそなえた総湯を好む。

着物を身につけていると、だれかが脱衣場へ入って来た。

男である。

湯けむりがただよう脱衣場で、梅安を見るや、すぐに、

「やっぱり、此処にいなすったね」

声をかけてよこした。

一

男は、ほかならぬ彦次郎であった。

その夜、藤枝梅安と彦次郎が〔角兵衛の湯〕の二階奥の部屋で、酒を酌《く》みかわしたのはいうまでもない。

「もっと早く、熱海へ来てみるつもりだったのだが、つい遅れてしまったのだ。というのも、音羽《おとわ》の元締が、梅安さんは、まだ江戸へもどってはいけないといいなさるものでね」

音羽の元締というのが、料理茶屋・吉田屋の主人で、裏へまわると江戸の暗黒街にそれと

知られた半右衛門《はんえもん》であることは、読者もすでに承知しておられるはずだ。

「あれから、音羽の元締は大坂へ密《ひそ》かに人をやって、いろいろと探《さぐ》りをかけたというのですよ、梅安さん」

「探りというと、私が白子屋菊右衛門を、あの世へ送った一件についてだね」

「そのとおり」

「それで？」

「大坂では大変な騒ぎらしい」

「さもあろうよ。あれだけ羽振《はぶ》りを利《き》かせていた白子屋が死んだとあれば、な」

「音羽の元締は、それを探りたかったのだ」

「で、死んだ菊右衛門の跡《あと》をつぐ男がいたというのかね？」

「右腕といわれた守山《もりやま》の繁造《しげぞう》も、お前さんに殺《や》られてしまった」

「左腕といわれていた男は、まだ生きているはずだ」

「そいつだ、梅安さん。切畑《きりはた》の駒吉《こまきち》とかいう……」

「その男だ」

「それがいま、白子屋の跡を取りしきっているそうな」

「となると……」

「え？」

「私のいのちをねらって来るにちがいない。私を殺《や》って白子屋の敵討《かたきう》ちをすれば、切畑の駒吉も立派に跡目をつげようというものだ」

「笑っている場合ではねえよ、梅安さん」

「いまさら、怖《おそ》れてもいられまい」

「その切畑の駒吉がね、二人か三人、腕のいい仕掛人を江戸へさしむけたらしい。だから音羽の元締は、まだ江戸へもどってはならねえといいなさるのだ」

「井筒《いづつ》のおもんは、達者《たっしゃ》でいるかね？」

「それどころではねえよ、梅安さん」

「ずいぶん長く会わぬなあ」

「音羽の元締が、くどいほどに留《と》めなすったにもかかわらず、おれがこうして、熱海へやって来たわけを、何とおもいなさるね？」

「さあ」

「そのわけは、二つある」

「ほう」

「一つは、梅安さんをねらっている、切畑の駒吉がさしむけた仕掛人を、おれが、この熱海まで、おびき寄せたのだよ」

「何と彦さん。やるではないか」

「もう一つ。これをはなせば、梅安さんはきっと、江戸へ帰る気になるだろうが……」

「おもんのことかえ?」

「女なぞ、関《かか》わり合いのねえことだと、いっているじゃありませんか」

「では、何だ?」

「ま、順序をたててはなすから、ゆっくり、聞いておくんなさい」

白子屋菊右衛門を殺した藤枝梅安が江戸を発《た》ってのちに、彦次郎と小杉十五郎は、音羽の半右衛門が世話してくれた板橋の宿外《しゅくはず》れにある一軒家で暮していたが、冬に入ると、十五郎は上州・倉《くら》ヶ野《の》で長らく病床についている旧友を見舞うため、旅立って行った。

そこで彦次郎は、江戸の品川台町《しながわだいまち》にある梅安宅の様子を見に出かけた。

彦次郎は、梅安宅の近くに住むおせき婆さんの家へ行き、しばらく様子を見ることにした。

「するとね、どうも、梅安さんの家《うち》を探《さぐ》っているような男がいるのだ」

「一人か?」

「さあ、顔はよくわからねえ」

「ふうむ」

「そこでね、今度、おもいきって熱海へ来てみたというわけさ」

「すると何だね、彦さん。お前さんの後を尾《つ》けて来た者がいるのだね?」

「そのとおり」

「よく顔は見ていねえが、細身の男で町人姿だ」

「ほう」

「いまごろは、この角兵衛の湯へ泊り込んでいるかも知れませんぜ」

「なるほど」

「その野郎を、どうします？」

「ま、ゆるりと考えてみよう。それよりも彦さん。もう一つの事というのは？」

「それはね、ちょうど私が梅安さんの家へ行って掃除をしていたときなんだが、そこへ……」

そこへ、訪ねて来たのは、南日本橋・松屋町《まつやちょう》の薬種屋〔啓養堂《けいようどう》・片山清助《せいすけ》〕の妻お芳《よし》と番頭・市五郎《いちごろう》であった。

片山清助の兄・治兵衛《じへえ》が、京都で啓養堂の本店をかまえていることは、すでにのべた。

また、梅安の亡師・津山悦堂《つやまえつどう》が治兵衛と親しくしていた縁で、治兵衛の弟・清助が江戸へ支店を出して以来、藤枝梅安との親密な交際が始まったことも、のべておいた。

片山兄弟は、梅安が仕掛人であることを知らぬ。

あくまでも、腕のよい鍼医者だと信じきっている。

それだけに梅安は、片山清助との交誼《こうぎ》を大切にしているのである。

江戸の啓養堂は、看板も出していない小さな店で、白無地《しろむじ》に八重《やえ》梅《うめ》の漆紋《うるしもん》をつけた暖簾《のれん》をかけているのみだが、いま、江戸で名医とよばれる人ならば、片山清助の名を知らぬものはないといってよい。

片山清助は、高貴薬《こうきやく》を専門にあつかっている。

異国から密かに入る妙薬《みようやく》もあって、上は将軍家から、諸大名、大身旗本、財力がゆたかな商人たちの躰《からだ》を診《み》る医者が、啓養堂の客ということになる。

梅安は、自分の患者のために、啓養堂から薬をわけてもらうこともあるが、片山清助は、

「梅安さんがしていなさることに、いくらかでも役に立つことができれば……」

いつも、こころよく相談にのってくれる。

片山清助は梅安と同年配だが、小柄で、でっぷりと肥《ふと》っていた。

妻のお芳のはなしによると、この秋のはじめに清助は家の近くの道端《みちばた》で転び、右脚を痛めた。

はじめは、それほどのことはないとおもっているうちに、

「日に日に腫《は》れがひどくなり、歩くこともできなくなってしまいまして……」

とのことだ。

むろんのことに、片山清助は、いくらもよい医者を知っている。

医者にとっても清助は大事な人なのだから、すぐに駆けつけて来て、種々の治療をほどこしたが、いっこうによくならぬ。激しい痛みも消えなかった。

他の医者に診てもらっても同じことで、

「こんなはずはないのだが……」

江戸で、それと知られた専門医たちがくびをひねっているそうな。

たまりかねたお芳が、夫の清助に、

「いっそ、藤枝先生に診ていただいたら、いかがでございましょう」

「いや、梅安さんに心配をかけてはならぬ」

「そのようなことを申している場合ではございません」

ちかごろの片山清助は食欲もうしない、あれだけ肥っていた躰が、

「竹の杖《つえ》のようになってしまいまして……」

と、彦次郎に告げたお芳は泪《なみだ》ぐんでいた。

「でも、藤枝先生が旅に出ておいでになっては、どう仕様もないことでございます」

「いえ、何とか私が探してみましょう」

「そ、それは、まことでございますか?」

「はい。心あたりがないこともございません」

片山清助のことは、梅安の口から耳にしたことがある彦次郎であった。

翌朝、早いうちに、彦次郎は江戸を発った。

果して……。

姿は見せぬが、何者かが彦次郎を尾行して来た。

彦次郎の直感力は常人の想《おも》いおよぶところではない。

(いっそ、何処かで撒《ま》いてしまおうか……)

おもったが、それよりも、

(熱海までさそい込み、梅安さんがいたら、二人して始末をしてしまったほうがいい)

心を決めて彦次郎は、熱海へ向って足を速めた。

よほどの男でないかぎり、彦次郎の早足《はやあし》には追いつけない。まして、これを尾行することはむずかしいが、尾行の男は巧妙に彦次郎の目を避《さ》け、ついに熱海までやって来た。

「二度ほど、ちらりと見たが、細い躰の、すばしっこいやつですよ」

藤枝梅安の思案は、すでに決まっていた。

「彦さん。明朝、江戸へもどる。お前さんは此処で疲れをいやしたがよいな」

「冗談じゃあねえ。後を尾けて来たやつの面《つら》を見なくては、此処まで来た甲斐《かい》がねえというものだ」

「私はね、彦さん。その男よりも、片山清助さんのことが気がかりゆえ、江戸へもどるのだ」

「そう言いなさるとおもっていた」

「清助さんの容態《ようだい》を早く知りたい。そのためには、どんなに危ない橋をわたろうともかまわない」

「後を尾けて来やがったのは、やはり、白子屋の一味だろうね？」

「わからない」

「え……？」

「白子屋一味ばかりではなく、私のいのちをねらっている男は何人もいるだろうよ」

「……………」

「仕掛人は、一寸先《いっすんさき》が闇《やみ》だ。それは、彦さんが、だれよりもよくわきまえているはずだ」

こういって、彦次郎を凝《じっ》と見まもった藤枝梅安の眼には、彦次郎ほどの男の背筋が総毛立《そうけだ》つような、冷え冷えとした光りがやどっていた。

二

夜が更《ふ》けた。

藤枝梅安の部屋を出た彦次郎は、何処かへ姿を消してしまった。

梅安は、いつも枕元へ置いてある小さな行燈《あんどん》のあかりも消してしまい、部屋の奥の一隅へ敷きのべた寝床へ身を横たえていたが、眠らなかった。

闇に慣れた梅安の目は、たとえ、鼠《ねずみ》が一匹あらわれようとも見逃《みのが》すことはないであろう。

彦次郎を尾行し、この宿に梅安が泊っていることを知った仕掛人が、夜明けまでに襲いかかって来るやも知れぬ。

夜が明ければ、梅安は彦次郎と連れ立って江戸へもどる。

その道中で襲いかかることは、先ずあるまい。

(その男は、私がひとりのときに襲いかかるだろう)

そのときにそなえ、梅安と彦次郎は先刻、よく打ち合わせをしておいた。

何処にいるか知れないが、彦次郎も、この部屋から目をはなしていないはずだ。

廊下の掛行燈《かけあんどん》の鈍《にぶ》いあかりが、ふっと消えた。

(来た……)

梅安は、寝床の中へ道中差《どうちゅうざし》を引き寄せた。

旅をしているときの梅安は脇差《わきざし》を腰にしているが、ただの道中差ではない。宇多《うだ》国宗《くにむね》作・一尺二寸九分の銘刀である。

「梅安さん。今夜は、ぐっすりとおやすみなせえ。私が蔭で見張っているからには、お前さんに指一本さささせるものじゃあねえ」

こういって、彦次郎は部屋を出て行ったのだ。

掛行燈が消えて真暗闇《まっくらやみ》となった廊下に、人の気配がする。

今夜の〔角兵衛の湯〕の二階に泊っている客は、藤枝梅安ひとりきりだ。

「彦さんは、何処で寝るのだ？」

先刻、梅安が尋ねたら、彦次郎は薄く笑ったきりでこたえなかったが、どうも二階の部屋へ泊った様子はない。

音もなく、人の気配が廊下を近寄って来る。

梅安のような仕掛人の感能《かんのう》は、はかり知れぬものがある。

音も消して近寄る者の気配を察知するのは人間わざではない。山野に生きる獣《けもの》の本能ともいうべきものといってよい。

人の気配は梅安の部屋の前まで来て、消えた。

これは、その男が息を殺《ころ》してしまったからにちがいない。

音をたてなくとも、人は、吐く息と吸う息によって、気配を生《しょう》ずる。

その呼吸をとめてしまえば、気配も消える。

たとえば、梅安なり彦次郎が、目ざす相手を襲うときも同じだといってよい。

しばらくして、また気配が廊下に生じた。

やがてまた、消えた。

これを何度も繰り返しつつ、相手は廊下の外から部屋の内の気配を、うかがっているようであった。

(私は、まだ死ねぬ。片山清助殿の治療が終るまでは、何としても生きのびていなくてはならぬ)

このことである。

(もしやすると、あの男……患者に化けて私を殺《や》り損《そこ》ねた、あの男か……)

彦次郎が、ちらりと見たところによると細身の躰つきだそうな。

(あの男も、痩《や》せていた……)

障子が微《かす》かに音をたてた。

藤枝梅安は、寝床の中で脇差の鯉口《こいぐち》を切り、膝《ひざ》を曲げた。

と……。

外の廊下で、人の気配が消えた。

闇が、殺気にふくらんできた。

(よし。さあ、かかって来い)

梅安は、闘志に燃えていた。

(あ……?)

突然、人の気配が起り、廊下を遠ざかって行くのに梅安は気づいた。

(かかって来ないのか?)

そのとおりだ。

空が白《しら》みはじめ、梅安が寝床から出ると、

「お早う。昨夜は来なかったようだね、梅安さん」

と、彦次郎が部屋へ入って来た。

「彦さんは、何処にいてくれた？」

「まあまあ、そんなことはどうでもいい」

「眼が腫れているね。一晩中、起きていてくれたのか？」

「そのかわり、あいつの姿を、はっきりと見とどけましたよ」

「そうか」

「顔は見えなかった。頬《ほっ》かぶりをしていやがったのでね」

「ふうむ……やつは、この前まで来たよ」

「ええ、知っていますよ。よっぽど飛びかかって、ひとおもいに殺《や》ってしまおうとおもったが、向うも隙《すき》がねえ。しめえには、私が隠れて見張っていることに気づいたらしい」

「それで、引きあげて行ったのだな」

「飛びついたら大立ちまわりになるところだ。そうなると、この宿の迷惑になりますからね」

「そのとおりだ。さ、そろそろ出立《しゅったつ》しようか。朝の膳を運ばせてくれぬか」

「ようござんす」

昨夜の男らしいのが、少し前に〔角兵衛の湯〕から発《た》って行ったと、部屋へもどって来た彦次郎が告げた。

「今度、出て来やがったら逃《の》がすこっちゃあねえ。ま、見ているがいい」

彦次郎は、不気味なつぶやきを洩らした。

朝餉《あさげ》もそこそこに、二人は〔角兵衛の湯〕を出立した。

今日中に何処まで行けるか、道中駕籠《かご》をつかい、足にまかせて行けるところまで行くつもりの藤枝梅安であった。

日が昇りはじめた。

快晴である。

海は、凪《な》いでいた。

宿を出るとき、梅安は、一足先に出て行った男の名前を宿帳で調べて見た。

それによると、大和《やまと》・郡山《こおりやま》の菓子商で、池田屋幸七《こうしち》とある。

達筆《たっぴつ》であった。

これが、本当の名前でないことはわかりきっているが、

「ふうむ……」

梅安は低く唸《うな》って、その文字に見入ったまま、しばらくはうごかなかった。

三日後……。

藤枝梅安と彦次郎は江戸へ入った。

あの男は、ついにあらわれなかった。

尾行して来る気配もない。

「何だ。これなら何も熱海まで、おびき寄せることもなかった」

彦次郎がいうのへ、梅安が、

「あいつは油断ならぬ男だよ。近いうちに、きっと、また出て来るにちがいない」

「やっぱり、白子屋の一味ですかね？」

「そうともかぎらぬ」

「え？」

「私は、このまま片山清助殿の御宅へ行くが、彦さんはどうする？」

「いうまでもねえことだ。一緒に行きますよ」

三

二人は、品川宿《じゅく》から駕籠に乗り、まっすぐに松屋町の〔啓養堂・片山清助〕方へ向った。

濃くなった夕闇の中を、片山清助宅へ到着すると、

「よくまあ……」

奥から駆けあらわれた清助の妻・お芳が、たちまちに泪ぐみ、

「ありがとう存じます。こ、このとおりでございます」

両手を合わせた。

これほどに早く、彦次郎が梅安を探し出してくれようとは、おもっていなかったお芳である。

「よほど、いけませぬか？」

と、梅安。

「は、はい」

「ともかくも、お目にかかりましょう」

「なれど、ひとやすみなさいましてから……」

「いや、よいのです」

旅姿の足を濯《すす》いでから、梅安は、すぐに清助の病間へおもむいた。

病間は、二階奥の八畳であった。

「おお、これは……」

入って来た梅安を見るや、おもわず半身を起そうとした片山清助だが、激痛に顔を歪《ゆが》め、

「こ、このとおりなのですよ、梅安さん」

「そのまま、そのまま」

「はい……」

なるほど、片山清助は窶《やつ》れきっている。顔色《がんしょく》も鉛色《なまりいろ》に変じ、声にもちからがない。

梅安は、お芳と彦次郎に手つだわせ、清助の躰を俯《うつぶ》せにした。

「火鉢を、もう一つ入れて、中をあたためて下さい」

「承知いたしました」

お芳が出て行き、仕度にかかった。

しばらくの間、梅安は、寝間着の上から清助の躰を摩《さす》った。

「ああ……」

清助が、いかにも心地《ここち》よげな声を洩らし、

「梅安さん。わざわざ、駆けつけて来て下すって、ほんとうに……ほんとうに申しわけなく……」

「何も申されるな」

「うれしゅうございます。かたじけなく……」

「何をおっしゃる。私はあなたにも、京におられる兄者にも、一方《ひとかた》ならぬ御世話をおかけした者です。これしきの事は取るに足りませぬ」

部屋があたたまると、梅安は、片山清助を下帯《したおび》ひとつにし、頸部から肩、背中から腰、両脚にかけて、右手の指でまさぐりはじめながら、

「此処は？」

「痛《つ》ッ……」

「ふむ。此処は、いかがです？」

「あ……」

「いかが？」

「そ、そこは、何やら心地よいような……」

「ふうむ、これはいかが？」

「う……」

「どうなされた？」

「な、何やら……」

「何やら？」

「ひびきます。ずうんと、左の胸の下あたりに、ひびきました」

「なるほど」

梅安は、丹念《たんねん》に触診《しょくしん》をつづけてから寝間着を着せ、また清助の躰を摩《さす》りはじめた。

しばらく階下にいて、梅安たちの夕餉の仕度をしていたらしいお芳が部屋へ入って来て、

「あ……先生……」

「はい？」

「あるじが、ぐっすりと眠っておりますでございます」

「そのようですな」

「こ、このように、心地よげに眠っているあるじを、久しぶりに見ましてございます」

「さようでしたか、さほどに悪かったのか。私は少しも知らなかった。申しわけのないことです」

「な、なにをおっしゃいますことやら……」

お芳が噎《むせ》び泣きはじめるのを手で制し、梅安は彦次郎をうながして階下へ降りた。

簡単ながら、心のこもった膳に向い、お芳の酌で盃をほした藤枝梅安が、

「少し、長くかかりますが、おまかせ下さい」

「あの、癒りますでございましょうか？」

「はい」

きっぱりと、梅安はこたえた。

「ああ、よかった。ほんとうでございますね？」

「御主人の病気は、脚の痛みばかりではないとおもいます」

「と、おっしゃいますのは？」

子は？」

「脚も腰も、たしかに悪いが、……転んで脚を痛めた、その少し前から、清助殿に変った様子は？」

「はあ……そういえば、商売《あきない》のことで何やら大変に、むずかしい揉《も》め事《ごと》があったらしく、妙に気色《きしょく》がすぐれず、じいっと考えごとをしていたようでございます」

「むずかしい揉め事？」

「そうではないかと、私がおもっているだけなのでございます。先生も御承知のように、あるじは商売の揉め事を、女の私などに洩らして、心配をかけるようなことをいたしませぬ」

「いかにも、な」

「それが、あのなにか？」

「ま、ともあれ、明日から治療にかかりましょう。旅先から飛んで帰ったもので、肝心《かんじん》の鍼《はり》を持っておりませぬ。さよう、はじめは十日ほど、泊り込んでやってみましょう。かまいませぬか？」

「かたじけのうございます。あるじも、どんなに心強いことか知れませぬ。では明日、お迎えの駕籠をさし向け……」

「いや、それにはおよびませぬ。ほかに用事もあるので、それをすませてから、こちらへまいりましょう」

間もなく、駕籠をよんでもらい、藤枝梅安と彦次郎は、品川台町《しながわだいまち》へ向った。

お芳は駕籠を二梃《にちょう》、よぶつもりだったが、

「私は、ようござんす」

と、彦次郎がことわった。

彦次郎は、梅安が乗った駕籠の背後から徒歩でついて行き、尾行者の有無《うむ》をたしかめつつ、梅安の身をまもるつもりでいたのである。

あと数日で今年も暮れようという夜だけに、其処此処《そここ》に行き交《か》う人びとの提灯《ちょうちん》のあかりが忙《いそが》しそうに揺れうごいていた。

風も絶え、あたたかい冬の夜である。

久しぶりに、品川台町の家へもどり、旅装を解いて入浴をすませ、梅安と彦次郎は酒の仕度にかかった。

「いや、彦さん。今日は、よくやってくれた。片山清助殿の病《やま》いが癒るまでは、死にたくない。後をつけて来る者はいなかったようだな」

「明日も、お供をしますぜ」

「たのむ。何としても清助どの一家を巻き込みたくない。明日、向うへ行ったら、十日は出て来ないつもりだ」

「年が明けてからになりますね」

「さよう。私は、これから鍼の手入れをするが、お前さんは？」

「此処へ泊りますよ」

「そうしてくれるか、心強いな」

「妙に今夜は持ちあげるねえ」

「だが、それにちがいないではないか」

「へ、へへ……」

うれしげに笑う彦次郎へ、

「すまぬが、彦さん……」

「え？」

「明日、私を送ってくれてから、ちょいと井筒へ行って、おもんの様子を見て来てくれぬか。金も持って行ってくれ」

家の床下に埋め込んだ壺の中の、金三百五十両の小判は、いうまでもないが無事であった。

四

翌朝は、まだ暗いうちに、藤枝梅安と彦次郎は家を出た。梅安は、途中で駕籠を拾った。

一足先に出た彦次郎は、駕籠の中の梅安の目にはとまらなかったけれども、前夜のごとく巧妙に尾行の有無をたしかめつつ、梅安を護衛したのである。

藤枝梅安は、この日、音羽九丁目の料理茶屋・吉田屋へ、半右衛門を訪ねた。

梅安の身を案じ、わざわざ大坂まで探《さぐ》りをかけてくれた半右衛門には、江戸へもどったことを告げておかねばならぬ。

それが、人間としての義理というものだ。

「おや……」

入って来た梅安を見るや、音羽の半右衛門が、

「もどって来なすったのか、まだ早うござんすよ」

と、いった。

「承知しておりますが元締、よんどころない用事が出来《しゅったい》しましてね」

「ほう……」

「彦次郎さんから聞きましたが、その後、大坂まで探りをかけて下さいましたそうで、恐れ入りました」

梅安は両手をつき、頭を下げた。

「そんなことはどうでもようございますよ。それにしても先生が、たった一人で山城屋へ乗り込んで行くのを見たときには、めったなことではおどろかぬ、この半右衛門も肝《きも》がちぢみましたよ」

梅安は、熱海へ来た彦次郎が尾行されたことや、その夜、部屋の外へ暗殺の手がせまってきたことを告げた。

「それごらんなさい。だから、まだ早いというのですよ」

「はい」

素直に、うなずいてから梅安が、

「ですが元締。私の親しい人が躰をこわしてしまい、これだけは見すごしていられなくなったもので……」

「それで彦さんが、先生を探しに出なすったのか」

「はい」

「で、その親しい人というのは？」

「…………」

「わかった。女ですね、梅安先生」

「いや、ちがう」

彦次郎が吉田屋へあらわれたのは、そのときであった。

藤枝梅安は、しばらく考えていたが、心を決めたらしく、

「元締には何も彼も、おはなしをいたしましょう」

「はい、はい。うけたまわりましょう」

「その人とは、私が京にいたころ、つまり、まだ大人《おとな》にならぬころから知っている人なのです」

「なるほど」

「いまは、その人も江戸へ来ており、南日本橋の松屋町に、啓養堂という薬種の店をひらいておりますが、京の本店は、兄にあたる人が……」

梅安が語りはじめるや、半右衛門は急に俯《うつむ》いて煙草盆を引き寄せたのを、傍《そば》で見ていた彦次郎が、

(はて、妙な？)

と、感じたのだから、梅安も同じおもいであったろう。

ざっと語り終えた藤枝梅安の前で、煙草のけむりを吐き出し、面《おもて》をあげた音羽の半右衛門の両眼が異様《いよう》な光りをたたえていた。

まるで少年のように小柄な半右衛門の躰が、こういうときには二倍にも三倍にも感じられる。これは、強い緊張が心身に行きわたったときの半右衛門にほかならぬ。

「元締……」

梅安が何かいいかけたとき、半右衛門の女房おくらが酒の仕度をして、部屋へ入って来た。

おくらは、二十も年下の女房で、料理茶屋の吉田屋を一手に切りまわしている。

まるで女相撲を見るような大女のおくらは、半右衛門が外で酒に酔い、駕籠で帰って来たときなど、その小さな躰を軽がると抱きあげて寝間へ運ぶそうな。

「梅安先生。お久しぶりでございますね」

と、おくらが酌をしかけるのへ、半右衛門は、部屋を出るように目顔《めがお》でしめした。

心得たおくらが出て行ったあとで、半右衛門が梅安と彦次郎の盃へ酌をしてから、

「梅安先生。よく打ちあけて下さいました」

「打ちあけぬと、元締の、折角の御親切を無にすることになる。これで、私が江戸へもどったわけがおわかりでしょうな」

「はい、はい。よくわかりましてございます。そこまで、この半右衛門に、お心をかけていただきましては、私も申しあげねばなりますまい」

梅安と彦次郎は、顔を見合わせた。

どうも何か、これまでの音羽の半右衛門とはちがう。

死んだ白子屋菊右衛門が、江戸における縄張りをひろげるため、もっとも手強《てごわ》い相手と看《み》ていた半右衛門は、江戸の暗黒街で屈指《くっし》の巨頭《きょとう》といってよい。

その半右衛門が、いま、市井《しせい》の一老人になりきって、何事か語ろうとしている。

藤枝梅安は、かつて彦次郎に、

「音羽の元締の腹の底は、二重三重になっている。いや、四重底《しじゅうぞこ》かも知れぬ。私にもあの人

の、ほんとうの腹の底は、よくわからぬ」

　そういったことがある。

　そのとき彦次郎が、

「向うでも、そういっているでしょうよ」

といったので、梅安は苦笑するよりほかになかったが、いまの半右衛門は全くちがっていた。

　強《し》いていえば、腹の底までさらけ出し、何かを語ろうとしているようだ。

「実は、三日前に、あるところから仕掛けをたのまれました。仕掛料は金三百両でございました」

　これは、大変な仕掛けにちがいない。

むろんのことに、一つの仕掛けに三百両もの大金を、梅安も彦次郎も受けたおぼえが一度もなかった。

「ですが私は、この仕掛けをことわりました」

　こういって半右衛門は、盃の中の冷えた酒をのみほしてから、

「よかった。ことわっておいて、ほんとうによかった……もしも、いったん引き受けていたなら、これは口が裂《さ》けても外へ洩らすことはできませぬ。たとえ、先生にも……」

「元締。いったい、何がどうしたので？」

「いま、先生がお言いなすった松屋町の啓養堂・片山清助。このお人をあの世へ送ってくれとたのまれたのでございますよ」

声にならぬ声が、梅安と彦次郎の口から洩れた。

意外も意外、さすがの藤枝梅安も、顔面蒼白となったのである。

「私が、この仕掛けをことわったのは、起《おこ》りが気に入らなかったからでございます」

半右衛門が、しずかにいった。

〔起り〕というのは、この仕掛けの依頼人をさす。金で人を殺す、この世界の隠語《いんご》といってよい。

おもわず、梅安が膝《ひざ》をすすめて半右衛門に問いかけた。

「元締。その起りというのは、何処の人なのです?」

彦次郎の喉《のど》がごくりと鳴った。

固唾《かたず》をのんだのだ。

五

同じ日の夜。

浅草・今戸《いまど》橋《ばし》に近い〔嶋屋《しまや》〕という船宿《ふなやど》の二階座敷に、あの山城屋《やましろや》伊《い》八《はち》を見出すことができる。

　この春、藤枝梅安が、たった一人で神田明神下の山城屋を急襲し、白子屋菊右衛門を殺して逃げた後、町奉行所の調べも有耶無耶《うやむや》に終ったが、山城屋伊八は店を閉じ、数名の配下と共に何処かへ姿を隠してしまった。

　山城屋は、一応、宿屋ということになっていたが、裏へまわれば、江戸における白子屋菊右衛門の〔根城《ねじろ》〕であった。

　それだけに、白子屋は伊八を信頼していたことになる。

　いまの伊八は、千住大橋《せんじゅおおはし》の南詰に近いところに小さな船宿をひらいている。これが一ヵ月ほど前のことだ。

　ただし、屋号は山城屋ではなく、笹屋《ささや》と変えている。

　ゆえに今後は、この男を「笹屋伊八」とよぶことにしよう。

　白子屋菊右衛門と、その右腕の守山の繁造が、共に梅安の手によってほうむられるや、すぐさま切畑の駒吉が、大坂へあらわれた笹屋伊八に、

「明神下の山城屋に代る根城を、すぐにもこしらえておかなくてはなるまい。こうなったら、目ざすところは藤枝梅安を殺《や》ってから、音羽の半右衛門も地獄へ送るのだ。そうでなくては白子屋の元締が浮かばれぬわえ」

　早くも、白子屋の跡目をついだ気になり、

「江戸の縄張りをひろげるのは、このわしのほかにはおらぬわい。金は、いくらでもわたすから、しっかりとやってくれ」

意欲満々というところであった。

江戸へ帰った伊八は、切畑の駒吉がつけてよこした二人の白子屋一味と共に、諸方へ金をふりまき、船宿をひらいたのである。

荒川の岸にある船宿だが、場所外《はず》れなので、めったに客はない。それが伊八たちにとって、のぞむところであった。

店をひらいて間もなく、切畑の駒吉が様子を見に、東海道を下って来た。

そのとき、駒吉について来た三人の配下のほかに、細身の三十六、七歳に見える男がいて、

「この人が、元締の敵《かたき》を討ってくれる」

駒吉が、伊八にささやいた。

見たところ、変哲《へんてつ》もない男だが、さすがに笹屋伊八だけあって、その男の歩みぶりや身のこなし一つを見ても、

(この人は、ただの仕掛人ではない)

と、看《み》て取った。

切畑の駒吉は、やがて大坂へ帰ったが、その男は江戸に残った。

男の名は、

「石墨《いしすみ》の半五郎《はんごろう》」

と、いう。

半五郎は上総《かずさ》の生まれだとかで、江戸の地理にくわしい。

三年ほど前から上方《かみがた》へ行き、白子屋菊右衛門から仕掛けをたのまれるようになったのだそうな。

半五郎は〔笹屋〕にとどまらず、

「好きにさせてもらいますよ」

何処かへ姿を消してしまった。

いま、今戸の船宿の二階座敷で、笹屋伊八と二人きりで酒をのんでいる男が、この石墨の半五郎であった。

「藤枝梅安は、江戸へもどりましたよ」

半五郎が告げると、伊八の顔色が変った。

「そ、そりゃあ本当だろうね?」

「やつは、熱海に隠れていました。あれから辛抱強く、お前さんから聞いた品川台町の家を見張っているうちに、妙な男がだれもいない梅安の家へ出入《ではい》りをするようになりましてね」

「ふむ、ふむ……」

「そのうちに、その男が旅仕度をして出かけたものです。ぴんときました。後をつけると、熱海へ……」

「そこに、梅安がいたわけか？」

「さよう。なるほど大きな男だ。私は同じ宿へ泊って、その夜更けに片づけてしまおうとおもいましたが……」

半五郎は舌打ちをして、

「ちょっと、むりでござんした」

「どうしたのだ？」

「どうも、私は、梅安の家から出て来た男に熱海まで、おびき出されたような気がする」

「では、こっちのうごきを知っていやがったといいなさるか？」

「そうとしかおもえねえ。障子一枚をへだてて、中に寝ている梅安と睨み合ったが、梅安は眠っていねえ。私が飛び込むのを待ちかまえている気配でござんした。これでは、どうもやりにくい」

「ふうむ……」

「それに、もう一人の妙な男が、何処からかこっちを見張っているような気がして、とうとう手が出なかった」

「畜生め、梅安のやつ」

半五郎の細い眼が、一瞬、きらりと光って、

「こいつは伊八さん。少し気を長くもって仕掛けようとおもう」

「いくらでも手の者を使ってくれ」

「いや、ひとりがいい。さいわい、顔だけは見られていねえ。それに……」

「それに？」

「もう少し考えてみねえとわからないが、熱海から江戸へもどる途中で、一つ、おもいあったことがある」

「どんな仕掛けをしなさるつもりだ？」

「ま、いまのところはいいたくねえ。だが、この仕掛けならやれそうだし、外《はず》れはねえようにおもえてきた」

「そ、そうか。そいつは何よりだ。それで梅安はいま、家にいるのか？」

「いませんよ」

「何だって……」

「江戸へもどる道中では、後をつけなかった。けれどね、伊八さん。あの二人が江戸へ入ったことはたしかだ。一足遅れて下って来たが、あの二人を道中駕籠に乗せた駕籠舁《か》きに出合って、二人が東海道を下って行ったのをたしかめましたよ」

大川を下って行く船から、船頭の舟唄《ふなうた》が遠ざかって行く。

「伊八さん」

「え？」

「何とかうまく、梅安の家を見張らせてくれませんか。よござんすか、気づかれてはおしまいですよ。私の仕事は、梅安が家へ帰って来てからのことだ」

「いいとも。まかせておいてくれ」

「私が一人で見張ってもいいが、顔を、あの辺《あた》りの人に見られたくねえ」

「よし、わかった」

「たのみましたよ」

伊八が手をたたくと、女中があらわれた。

「何か見つくろっておくれ。それと酒を、ね」

「かしこまりました」

女中が出て行ってから、伊八が、

「半五郎さん。ここは船宿でも、ちょいと気のきいたものを食べさせるのだ」

「へえ、そうですかい」

「ところで、お前さんはいま、何処にいなさる？」

「伊八さん。連絡《つなぎ》は私のほうからつけましょうよ」

「用心深い人だ」

「いえ、実のところ、まだ腰が落ちついていねえので。何しろ昨日の夜に、江戸へもどったばかりですからね」

煙管《きせる》へ煙草を詰めながら、半五郎が、

「今年も、もう終りですね」

「いやはや、今年はとんでもねえ年になってしまった」

「白子屋の元締が、ねえ」

「守山の繁造さんまで、殺《や》られてしまった」

「よかったら、そのときの様子を、はなしてもらえませんかね」

笹屋伊八が、じろりと半五郎を見やって、

「そうだな。ま、いいだろう。私の恥を打ちあけるようなものだが……」

「どうしてです？」

「私にもぬかりがなかったとはいえないからだ。それにしても……」

いいさして笹屋伊八は、さも悔《くや》しげに唇を噛みしめた。

三人の仕掛人

一

年が暮れ、年が明けた。

その正月十日の午後に、藤枝梅安は啓養堂・片山清助方を出て、浅草の橋場へ向った。

啓養堂がいつもつかっている駕籠《かご》屋からよんだ町駕籠を通用口へぴたりとつけさせ、これに乗った梅安は、久しぶりでおもんに逢うつもりであった。

(一年近くも、おもんの顔を見ていなかったな)

駕籠に揺られつつ、梅安は、おもんの肌身のあたたかさを脳裡《のうり》におもい浮かべている。

肌身の熱い女は梅安の好みではないが、おもんのそれは、はじめのうちは冷んやりとしていて、梅安に抱かれているうちにあたたまってくるのであった。

それは、一方的な梅安の愛情を、いつも待っていてくれる女の肌身なのであろうか。いや梅安は、そんな勝手な自分のふるまいに真の〔愛〕の一字はないとおもっている。

夜、眠るときも枕の下に、畳針《たたみばり》ほどの太さと長さをもった手製の打ち込み針を潜《ひそ》ませることが習性になってしまった梅安には、女と共に暮す資格などないのだ。

(おもんは、まだ井筒にいるだろうか?)

いないような予感もする。

おもんへ金を届けておいてくれ、と頼んでおいた彦次郎は、あれからまだ井筒へ行っていないらしい。

梅安が片山清助の治療に専念している間、彦次郎は蔭ながら片山家の周辺に警戒の目を向けているにちがいない。

一昨日も、彦次郎はひょいと片山家へあらわれたというが、梅安が治療に疲れ、昼寝をしていると聞き、すぐに帰って行ったそうな。

そのときも、別に梅安への言付《ことづ》けはなかった。

片山清助の躰は、おもったより傷《いた》んでいた。

激痛は内臓から来ている。

梅安の治療によって、徐々《じょじょ》に回復しつつあるが、まだ目をはなせぬ。

回復の山が見えるまでには、

（あと半月はかかるだろう）

と、梅安は看《み》ている。

去年の暮に梅安は、音羽の半右衛門から、片山清助が仕掛人に命をねらわれていることを聞いた。

この仕掛けを半右衛門に依頼したのは、浅草の蔵前《くらまえ》にある大きな料理茶屋・武蔵《むさし》屋《や》の主人で政五郎《まさごろう》という者だ。

武蔵屋政五郎は、音羽の半右衛門のように、裏へまわると香具師《やし》の元締《もとじめ》をしているというのではないが、幕府の諸役人にも接近していたし、江戸の暗黒面にも顔が売れているということを、梅安も彦次郎も耳にしたことがある。

そうした男ゆえ、仕掛けの仲介をしてもふしぎはない。

「武蔵屋には、ずっと前に一度、仕掛けをたのまれたことがありましてね。そのときの後味が、あまりよくなかった。それで、今度、どうしてもたのむというのをことわりました」

と、半右衛門は、苦渋《くじゅう》の表情を浮かべた。

「高い薬を商《あきな》う啓養堂の御主人を仕掛けるというのも、何となく気がすすまなくて……」

そのとき、藤枝梅安が、

「元締。このはなしは聞かなかったことにしておきます」

「そうして下さい。そのかわり、私も梅安先生のお手つだいはできません」

「わかっております」

音羽の半右衛門ともあろう者が、仕掛けの秘密を打ちあけたというのは、

「このごろの元締は、よほどに梅安さんに肩入れをするようになった。だんだん、おれに似てきたね」

彦次郎は、そういって意味ありげな苦笑を洩らしたものであった。

たしかに片山清助は、去年の春に、梅安が会ったときとは変っていた。

何ものかに、

(怯《おび》えている……)

と、梅安は直感した。

たとえば夜が更《ふ》けて枕頭《ちんとう》に梅安がいて見まもっているとき、廊下に足音が聞こえたりすると、清助がぱっと両眼をひらく。

ひらいた途端《とたん》に、その眼に怯えの色が浮かぶ。

だが、梅安がいるとわかるや、その怯えの色が安心の色に変る。

夜ふけに、片山清助が唸《うな》り声《ごえ》をあげるので、隣室に寝ていた梅安が病間へ入り、

「どうなされた?」

揺り起すと、

「あ……梅安さん」

「だいぶ魘《うな》されておられたようだが、どこか痛みますか？」

「いえ……あの、悪い夢を見たようです」

「悪い夢？」

すると清助が、本気の眼《まな》ざしとなり、

「いま、私は、何か譫言《うわごと》でもいっておりませんでしたか？」

と、梅安に尋ねるのだ。

「いや、別に……」

「さようで……」

清助は、何やらほっとしたような顔つきになる。

どうも、おかしい。

年が明けてからの清助は食欲が出てきて、妻のお芳をよろこばせた。

（もう少しだ。清助殿の躰に心配がなくなったら、今度は、あの人のいのちをまもらなくてはならぬ）

このことであった。

身を切るように冷めたい風の中を、梅安を乗せた駕籠は浅草へ入った。

（独《ひと》りきりの女の境遇《きょうぐう》は半年、いや三月《みつき》で変る。おそらく、おもんは井筒にはいまい。彦さんは金を届けに行き、それを知ったので、私にはなすことができないのか……）

大川沿いの道を、駕籠は山之宿《やまのしゅく》から今戸をすぎ、橋場へ出た。

「ここでよい」

藤枝梅安は、浅茅《あさじ》ヶ原《はら》の福寿院《ふくじゅいん》・門前で駕籠をおり、料理屋の〔井筒〕に向った。

梅安を尾行する者は、一人もいなかった。

二

おもんはいた。

〔井筒〕へ入って来た梅安を見た主人が、

「あっ。おめずらしい梅安先生」

大声をあげると、奥から、おもんが飛び出して来た。

おもんは、窶《やつ》れていた。

しかし、その双眸はかがやき、うれしさをこらえきれずに、おもんは軽く足踏みをした。

「久しいな、おもん」

うなずいて、おもんはそのまま俯《うつむ》いてしまった。

「彦さんは来なかったか？」

「いいえ」

「そうか。ふうむ……」

おもんは台所のほうへ小走りに去った。

先へ立ち、いつもの離れ屋へ向う藤枝梅安に付きそって来た主人の与助《よすけ》が、

「藤枝先生。実は、この井筒なんでございますがね」

「ふむ？」

「私も女房も、すっかり年をとってしまいましたし……」

「店を閉じるとでもいいなさるか？」

「いいえ、そうではないのでございます。子もない私たち夫婦ゆえ、いっそ、おもんに跡《あと》を継がせようかとおもっているのですが、いかがなもので？」

「さよう……」

いいさして、梅安は足を停めた。

与助は、女中のおもんと梅安の仲をよくわきまえている。なればこそ、このようなはなしをするのであろう。

「よいとも、悪いとも私にはいえぬな」

「え……」

与助は、梅安がおもんのためによろこんでくれるとおもっていたらしい。

「御亭主。これは、あなたが決めることだ」

梅安は微笑を浮かべ、

「おもんのことは、私よりも、あなたのほうがよくよくわきまえておられるはずではないか」

「はい」

「だが……」

「?」

「そのために、金が必要とあれば惜しまぬよ」

「とんでもない。先生、井筒は、もう借りている金という金を、すべて返してしまっております」

「ほう。それは何より」

与助は梅安を凝《じっ》と見てから、うなずいて見せた。

梅安も、うなずき返した。

これで、二人の胸と胸は通じ合ったようである。

「わかりましてございます。今日は、ごゆっくりとしていただけるのでございましょうね?」

「明日の朝までは」

「はい、はい」

与助は、渡り廊下を母屋《おもや》の方へ去って行った。

梅安が離れ屋へ入って間もなく、おもんが茶菓を運んで来た。

その盆を置くや否や、おもんが抱きついてきた。

あとはもう、二人きりであった。


あたりが暗くなってから、おもんは離れ屋を出て行き、梅安は湯殿へ行った。

入浴を終えて出て来ると、膳が出ていた。

「何だ、これは?」

白い脂がのった魚肉を刺身のように切りそろえたものと、小さな焜炉《こんろ》が出ている。

「鮪《まぐろ》ではないのか?」

「そうなんです」

梅安は、解《げ》せぬ顔つきになった。

当時、料理屋では鮪などを使うことはめったにない。

まして脂身《あぶらみ》(トロ)などは、魚屋で切り捨ててしまうほどで、筆者が子供のころでも、母が、

「葱鮪《ねぎま》にするから大トロを買っておいで」

というので、買いに行くと、魚屋に、

「坊や。金はいらねえよ」

などと、いわれたおぼえがある。

藤枝梅安が鮪を知らなかったわけではない。

〔井筒〕で鮪の刺身が出ようとはおもわなかったのだ。

「先生。これは、うちの旦那が試《ため》してごらんになって、ぜひとも先生に、たとえ少しでもさしあげてみてくれと申しますので」

「ふうむ」

「その鮪の脂身は、山葵醤油《わさびじょうゆ》に漬けておいたのでございますよ」

「このまま食べるのか?」

「いえ、その焜炉の金網《かなあみ》で炙《あぶ》って、熱いうちにあがって下さいまし」

「よし。こうか?」

「はい。お酒を……」

「うむ」

「燗《かん》のぐあい、よろしゅうございますか?」

「ちょうどよい。さ、お前もひとつ」

「はい……あ、もう、その辺で召しあがって下さいまし」

「うむ。あ……」

「いかがです?」

「うまいものだな、これは」

「そう聞いたら、旦那は大よろこびをいたしますよ」

「これはよい。早速、彦さんにいっておこうよ」

おもんの顔には血がのぼり、肌の色が照りを見せている。

先刻は、衣類も脱がず、あわただしく抱き合ったのだが、夜がふけてからの二人は、久しぶりにたがいの肌身をたしかめ合った。

「だいぶんに、細くなった……」

「はい」

乳房の下の肋骨《あばらぼね》をさすりつつ、梅安が、

「だが、躰《からだ》に悪いところはないようだな」

「あっても、今日、癒《なお》ってしまいました」

「あ、痛い。妙なところを嚙んではいかぬ」

「だって……」

「江戸を、な。はなれていたのだ」

「そうおもっていました」

おもんは〔井筒〕の跡を継ぐことになったと、一言もいわぬ。梅安も同様である。

女だけに、いいたいことはいくらでもあるのだろうが、おもんは、よけいなことを語る時間を惜しむかのように、むしろ猛々《たけだけ》しく梅安の躰へ伸《の》し掛かってきた。

「おもん」

よびかけた梅安に、おもんはかぶりを振って見せた。

「私は、当分、江戸にいる」

「いや。いまは何もいわないで……」

三

翌朝、藤枝梅安は駕籠をよんでもらい、松屋町の片山家へもどると、彦次郎が待っていた。梅安の着換えその他、身のまわりの品々を運んで来てくれたのだ。

「これは相すまぬ。明日にでも帰ってと、そうおもっていたところなのだ」

「梅安さん。昨夜は、井筒へ泊りなすったね」

「知っていたのか」

「いまのところは、お前さんから目をはなせねえから……」

「彦さんは、おもんに、まだ金を届けてくれていなかったらしいな」

「ええ、まあ……」

彦次郎は言葉を濁《にご》した。

階下の奥の一間で、梅安と彦次郎は二人だけで語り合っている。

片山清助は、よく眠っているそうな。

「そうか……それでは、ずっと私の身をまもっていてくれたのだな」

「ふ、ふふ……ところで、こちらの塩梅《あんばい》は？」

「もう少し、治療をつづけなくてはなるまいよ」

「当分、品川台町には帰らねえほうがようござんす。昨日あたりから、また妙なやつがうろうろしはじめましたぜ」

「そうか」

「ときに梅安さん。音羽の元締へ、こちらの片山清助さんの仕掛けをたのんできたという、その武蔵屋政五郎のあたりはつきましたかえ？」

「それが、な……」

梅安は、清助の妻お芳にそれとなく尋ねてみると、

「いいえ、蔵前の武蔵屋さんという料理屋の名は、いま初めてうかがいました。あるじは、その料理屋をつかったことは一度もないと存じます」

お芳は、そうこたえた。

そして、当の片山清助は一昨日の午後に、梅安が治療しているとき、

「ああ……日に日に、躰がよくなってくるような気がしますよ」

「それは何より」

「癒ったら……躰がよくなったら梅安さん。私は、京へ帰ろうかとおもっています」

「……………」

「私は、つくづく、江戸が嫌《いや》になりました」

「何ぞ、事情《わけ》が？」

「いえ……」

いいよどんだ清助は、

「私のような男は、江戸という土地と水に、どうしてもなじめませぬ。何事にものびやかな京へ帰って、暮したいのです」

「せっかくに、ここまで地盤をかため、江戸でそれと知られた名医の方々《かたがた》が、あなたをたよりにしているというのに、それはまた、どうしたことなのです？」

片山清助は沈黙し、両眼を閉じた。

しばらくして、閉じた右の眼から泪《なみだ》が一筋、頰《ほほ》へつたうのを梅安は見た。

「そういうわけで彦さん。清助殿は、くわしいことを打ちあけてはくれなかったのだ」

「やはりこいつは、どうも妙ですね」

「私も、そうおもう。京へ帰ろうが大坂へ行こうが、仕掛人は何処《どこ》までも追って来る」

「いったい、何があったのだろう？」

「清助殿が何も彼も打ちあけてくれれば、また仕様《しよう》がある。だが、あの様子では深いところまで口に出すことはないだろうな。そうかといって、こちらが仕掛けの裏に通じていることを知らせるわけにも行かぬしなあ」

　藤枝梅安は、深いためいきを吐《は》いた。

「ねえ、梅安さん」

「む？」

「さし出がましいが、私が武蔵屋政五郎を少し探《さぐ》ってみようか」

「ふうむ……」

「いまのところ、そうするよりほかに、糸口は解《ほぐ》れませんぜ」

「そうだな」

　梅安の眼が次第に光りを帯びてきて、

「では、やってもらおうか」

「ようござんす」

「何しろ、清助殿に仕掛けがかかっているからには、私は、あまり此処《ここ》をうごけない」

「こんなときに、小杉さんがいてくれれば、此処に詰め切ってもらえるのですがね。そうすれば、こんな心丈夫なことはねえ」

「連絡《つなぎ》はつかぬのか？」

「つけば、もうしていますよ。何しろ、上州の倉《くら》ヶ野《の》で病気中の友だちを見舞うといったきり、ふらりと出て行ってしまったのでね」

「あの人は、いつもそうだね」

梅安は苦笑を浮かべた。

「ですが、梅安さんのことも気にしていなすったから、そろそろ江戸へもどって来るのではありませんかね」

ちょうど、そのころであった。

千住大橋の南詰にある船宿〔笹屋伊八〕方へ、

「大坂の白子屋をあずかっている切畑の駒吉殿からまいった者だ。あるじはおられるか」

こういって訪ねて来た旅姿の浪人がいる。

その旅装を見れば、浪人がいかに旅慣れているか、一目でわかる。

総髪《そうがみ》をきれいに束《たば》ねた茶筅《ちゃせん》ふうの髪かたちで、細く仕立てた馬乗袴《うまのりばかま》をつけ、蠟色鞘《ろいろざや》の大小を腰にした浪人の年恰好《かっこう》は三十七、八というところか。

色白の、なかなかの美男で、

「三浦十蔵《みうらじゅうぞう》と申す」

と、名乗った。

三浦を二階座敷へ通しておき、すぐに笹屋伊八が顔を出し、挨拶《あいさつ》をすると、

「これは、切畑の元締からの添《そ》え状《じょう》でござる。あらためるがよろしかろう」

三浦は一通の手紙を、伊八にわたした。

まさに、切畑の駒吉の筆になるものだ。

駒吉は、この前、江戸を去る折に笹屋伊八へ、

「藤枝梅安を殺る《や》仕掛人を、二人ほどさし向ける」

と、いった。

そのうちの一人が石墨の半五郎であることは、いうをまたない。

そして別の一人が、この三浦十蔵ということになる。

「して、その藤枝梅安は？」

「たしかに江戸へもどりましたが、まだ家には帰っておりません。梅安の相棒らしいのが留守番をしているので……」

「ふむ」

うなずいた三浦が、

「拙者《せっしゃ》は、此処《ここ》に寝泊りしてよろしいか？」

「それはもう、そうしていただくのが一番でござんす」

「梅安の家に見張りはつけてあるな？」

「ぬかりはございませんよ」

「梅安が帰って来たら、すぐに知らせてくれ。拙者は仕掛けの小細工《こざいく》はせぬ。いきなり殺《や》る。そのつもりでいてくれい」

淡々というのが、かえって凄味《すごみ》があった。

「拙者とは別にもう一人、仕掛人が江戸へ入っているはずだが……」

「それは石墨の……」

いいかける笹屋伊八の声をさえぎって、三浦十蔵が、

「名は聞かずともよい。拙者は、その男とは別に一人で殺《や》る。これは切畑の元締も承知のことだ」

と、静かにいった。

四

大坂の切畑の駒吉が江戸へ差し向けた石墨の半五郎、三浦十蔵の二人は、それぞれ独自の仕掛けをもって藤枝梅安を暗殺するつもりらしい。

それがまた、切畑の駒吉のねらいなのやも知れぬ。

駒吉も、梅安が単身で山城屋へ乗り込んで来て、白子屋菊右衛門を殪《たお》したいきさつを聞き、

(梅安というやつは、尋常の仕掛けでは仕止《しと》められぬ)

そうおもったのであろう。

ゆえに、それぞれに仕掛けの型が異《こと》なる仕掛人をえらび、

「好きなように工夫をして、かならず梅安を殺《や》ってくれ」

と命じたのは、駒吉なりに、よくよく考えた上のことであったにちがいない。

その後、今戸の嶋屋で、笹屋伊八が石墨の半五郎と会ったとき、

「三日ほど前に、大坂から三浦十蔵という仕掛人がやって来た」

「浪人ですね」

「そのとおり」

「名前だけは聞いている。凄い腕だといいますよ」

「で、三浦さんは、お前さんとは別に、一人きりで梅安にかかるそうだが……」

「ええ、私も切畑の元締からそういわれましたよ」

「そうか。それならいいのだが……ねえ、半五郎どん。あの三浦という人は大丈夫かね?」

「何がです?」

「いきなり殺《や》るというのだがね。その、いきなりというのが、どうも気になる」

半五郎は薄く笑って、

「まあ、いいでしょう」

と、いった。

「そうかね？　何しろ、あの藤枝梅安というやつは油断も隙《すき》もならねえやつだから……」

「そうですってね」

「お前さんは、どんなふうに仕掛けをするつもりなのだ？」

「それはいいたくねえ。物事は万事、口に出すと気が抜けてしまいますからね」

「ふうむ……」

「それはさておき、梅安は、まだ家へ帰っていねえようですね」

「そうなのだ。相棒の男はいるのだが……なあ、半五郎どん。梅安はたしかに江戸へもどっているのだろうね？」

「そうおもいますよ。向うも、こっちがねらっていることをわきまえていますから、家へもどらず何処かに隠れているのでござんしょうよ」

「だが……」

「何です？」

「もどっては、いのちが危ねえとわかってる江戸へ、梅安は何故《なぜ》、帰って来たのだろうな？」

「そうですねえ。女じゃありませんかね」

「女……」

「そんなふうにもおもえる」

「いや、女にひきずられて、危い目にあうような梅安ではねえとおもう」

「なるほど」

「留守番をしている相棒が、出たり入ったりするので、後を尾《つ》けても尾けきれねえのだよ、半五郎どん」

「どういうことなので？」

「いつも途中で見うしなってしまうのだそうな。あいつも徒者《ただもの》ではねえ」

「その男は、私を熱海まで、おびき出したやつですよ。あいつは実に隙がねえ。あいつも仕掛人のような気がする」

「それに、どうも、あの梅安の家は見張りにくいのだ。こっちがいつも目をつけていられる見張りの場所が近くにねえのだ。あの辺のやつらは、みんな梅安のことをよく知っているから、迂闊《うかつ》には見張れねえ。まあ、手を替え品を替えて見張らせてはいるがね」

「それよりも、いっそ、見張りをやめたらどうでしょう」

「え？」

「見張られていることは、きっと留守居の相棒が勘《かん》づいていますよ」

「…………」

「見張られていると知って、梅安は家へ帰るでしょうか？」

「ふうむ……では、どうするのだ？」

「今日、あなたに此処へ来ていただいたのは、そのことなんです」

「と、いうのは？」

「梅安が帰って来れば、いやでも近所の連中が押しかけます。何しろ、梅安の鍼《はり》の治療を、みんなが待ちかねているというのですからね」

「お前さん、くわしいね」

と、笹屋伊八が苦《にが》い顔つきになり、

「お前さんも、いいかげんに居場所を知らせてくれたらどうだ。そうでねえと、こっちから急場《きゅうば》の連絡《つなぎ》はつけられねえぜ」

「ごもっとも。いま申しあげます」

石墨の半五郎がいうには、下谷《したや》の三《み》ノ輪《わ》町の質屋《しちや》〔富田屋宇八《とみたやうはち》〕方へ知らせてくれれば、すぐに、自分の耳へ届くことになっている。その手順がようやくついたので、知らせに来た、とのことである。

「ふうん。その質屋とお前さんは、どんな関《かか》わり合いがあるのだね？」

「別に何もありません。その質屋は堅気《かたぎ》ですから、そのおつもりで」

「ふうん……」

何となく、伊八はおもしろくなかった。

(石墨の半五郎は、このおれを虚仮《こけ》にしていやがるのか……)

半五郎と別れ、一足先に笹屋伊八は嶋屋を出た。

(それにしても梅安の野郎、何処にいやがるのか?)

今戸から大川沿いの道を、伊八は橋場の方へ歩み出した。

(白子屋の元締が死んでしまってからは、万事が、どうもうまく運ばねえような気がしてならねえ。三浦十蔵にしてもそうだ。毎日毎日、酒ばかりくらってごろごろしているだけじゃあねえか。以前は、こんなことはなかったのになあ)

白子屋菊右衛門が生きていたころは、江戸における一切の事が伊八の采配《さいはい》によってうごいていたのだ。

それが、いまは、

(てんで、ばらばらになってしまった……)

ようなおもいがする。

二人の仕掛人が、それぞれ勝手気ままにうごきまわるなどということは、かつてなかったことだと伊八は、

「畜生め」

低く口に出し、道端《みちばた》の小石を蹴った。

午後の鈍《にぶ》い日ざしも薄れて、夕暮れが近づきつつあった。

大川に群れ飛ぶ千鳥《ちどり》の声も、いまの笹屋伊八には寂《さび》しくきこえた。

（ああ……おしまは、いったい何処へ行ってしまったのだろう。おれがこっちへ移ったことを知らねえはずはないのだが……）

そのとき伊八は、橋場を過ぎて真《ま》崎《さき》稲荷《いなり》の門前へさしかかっていた。

「もし……」

背後で、伊八に声をかけた者がいる。

女の声であった。

振り向いた伊八は、目を見はった。

五

「あっ、おしま……」

低く叫んだ笹屋伊八は、おもわず、

「いま、ちょうど、お前のことを考えながら、歩いていたのだ」

「旦那。あれから、どうなさいました？」

いいながら伊八へ近寄って来たのは、まさにおしまではないか。

すでにのべておいたが、おしまは音羽の半右衛門が白子屋の内情を探るために、伊八の許《もと》へ潜入させておいた女である。

おしまの手引きによって、彦次郎と小杉十五郎が、山城屋に滞在中の白子屋菊右衛門を襲うことになっていたが、一足先に藤枝梅安が乗り込み、菊右衛門を殺害したので、おしまには嫌疑《けんぎ》がかかっていないはずだ。

それでも音羽の半右衛門は念入りに探りをかけた。

あの乱闘の最中《さなか》に、十五郎と彦次郎が隠し戸棚の壁から突如あらわれ、梅安の逃走をたすけたことについても、これがおしまの密告によるものだとは、だれもおもいおよばなかったろう。

そして、おしまも、

「大丈夫でございます」

自信をもっていた。

自分の肌身が、伊八へどのような影響をあたえているかを、おしまは心得ている。

「それではおしま。もう一度、伊八のところへ行ってくれるか？」

半右衛門がいうと、言下《げんか》に、おしまが、

「ようございます」

「まさかに、お前、伊八に惚《ほ》れたのではあるまいな？」

「さあ、どんなものでしょうかね、元締」

おしまは、不敵《ふてき》な微笑を浮かべ、

「伊八に抱かれているときは、惚れているかも知れませんよ。だって、それでなくては、元締にいいつかったお役目は果せませんもの」

「まあ……そんなところか」

そこで心を決めた音羽の半右衛門は、ふたたび、おしまを伊八へ接近させることにしたのである。

それとも知らぬ伊八は、おしまとの再会に眼を潤《うる》ませ、

「あれから、お前、どうしていたのだ？」

「だって、何だか怖《こわ》くなって……」

「むりもねえ。いま、何処にいる？」

「田町《たまち》の叔父さんのところにいます」

「そうだった。田町に親類がいたっけな」

音羽の半右衛門の配下で勝平《かっぺい》という中年の男が、いまも、おしまの叔父になりすまし、浅草・田町一丁目に煙草屋をしているのだ。

半右衛門は、こういうところに少しもぬかりがなかった。

「叔父の使いで、橋場まで来て、道へ出たら旦那が歩いていなさるものだから、びっくりいたしました。人ちがいではないかと後を……」

「尾けて来たのか？」

「はい。すみません」

「ともかくも歩きながらはなそう。田町まで、私が送って行こう」

「よろしいのでございますか？」

「なあに、大丈夫だ。おしまは、私が千住へ移ったことを聞いていなかったか？」

「いいえ、ちっとも知りませんでした」

「いま、私は笹屋という船宿をしている。だから、いまの私は山城屋ではない。笹屋伊八だ」

「まあ……」

「おしま……」

熱い眼《まな》ざしを、おしまへ送りながら伊八が、

「もう一度、私のところへ来てくれるかえ？」

「旦那。でも、あんな怖いことは……」

「もう大丈夫だ。心配はいらない。だから、もどって来てくれ」

「旦那さえ、よろしければ……」

「いいも悪いもない。私たちは夫婦も同じだ」

「あい」

「では、これから一緒に行って、お前の叔父さんへたのみ、今夜からでも千住へ来てくれ」

「でも、いろいろと後始末《あとしまつ》もありますから、明後日《あさって》からではいけませんか？」

「仕方がない。我慢するよ」

「まあ、我慢だなんて……」

いいさして、おしまは色っぽく笑って見せた。

「だってお前、あの騒ぎから一年近くもたっているのだよ。私は、もう、お前のことを……」

笹屋伊八は身を摩《す》り寄《よ》せて来て、おしまの腕をつかんだ。

家路を急ぐ人びとが、夕闇の中を忙《せわ》しげに行き交《か》っている。

伊八は、女の腕をさすりながら、

「会えてよかったなあ」

「あい……」


その翌朝。

田町の煙草屋勝平が、音羽の半右衛門の家へ来て、

「おしまは明日から、笹屋へ移ります」

「そうか、よし。昨日はうちの者を出して、おしまが伊八へ声をかけるところを見届けさせたよ」

「御念《ごねん》の入ったことで」

「どうやら伊八は、おしまのことを疑《うた》ぐっていないようだね」

「伊八は、おしまを私のところまで送って来ましたよ」

「ほう。そうかえ」

「叔父さんに小遣《こづか》いだといって、二両もよこしました。これでございます」

「ま、それはお前が取って置きなさい」

「よろしいので？」

「それがそれ、役得《やくとく》というものさ」

「これは、どうも」

「今夜、私のほうからお前の家へ行き、おしまに会おう。少々、打ち合わせることもあるのでな」

「おしまも一緒にとおもったのでございますが、万一のこともありますので、そうしていただければ何よりでございます」

「あとは、おしまとの連絡《つなぎ》をどうするか……」

「そのことでございます」

「前の山城屋のときは、鰻屋《うなぎや》の深川屋というものがあったが、今度は、笹屋のまわりに何もない。いざとなれば、お前にはたらいてもらわなくてはなるまいよ」

「何でもいたしますよ」

六

一月も過ぎ、二月に入った。

当時の二月は、現代の三月とおもってよい。

夜が更《ふ》けるにつれ、いつの間にか気温があがり、

（おや？）

くびをかしげたくなるほどに、あたたかくなることもあった。

春の跫音《あしおと》が、きこえはじめたのだ。

藤枝梅安は、まだ品川台町の家へ帰っていない。

片山清助の治療は、はじめ梅安が考えていたよりも長引いている。

少しずつ快方に向い、食欲も出て来たし、夜も眠れるようになった清助なのだが、すっか

り癒ったとはいえない。

今度は、また脚のほうが痛みはじめた。

これは転んだときのものではなく、いまでいう神経痛で、これを鍼で癒しきるのには、かなりの日数が必要であった。

清助は、

「早く癒って、京へ帰りたい」

そういうのが口癖《くちぐせ》になってしまった。

ちかごろの梅安は、これを押しとどめようとはせぬ。

「そのときは、私が京まで同行しましょう」

「えっ。そりゃ、まことなので？」

「久しぶりに、あなたの兄御《あにご》さまにもお目にかかりたい」

「そ、そうしていただければ、こんな心強いことはありませぬ。実は……」

「ふむ？」

「女房にも、京へ帰ることを申しておきました」

「何といわれましたか？」

「申すまでもなく同意してくれました」

「それは何より」

どのような事情で、片山清助が一命をねらわれるようになったか、それはわからぬが、

（清助殿のような人は、江戸におらぬほうがよいのやも知れぬ）

と、梅安はおもいはじめていた。

彦次郎は、武蔵屋政五郎の身辺を探りはじめているらしいが、いまのところ、これといった報告はない。

それが、いくらかでもわからぬうちは、片山清助を京都へ帰すのは危い。梅安にも防ぎようがないからであった。

「ともあれ、桜《はな》が咲くころまでは、このまま治療をつづけましょう」

「相すみませぬ。ですが梅安さん。そちらの患者をかまってあげなくともよいのですか？」

「さよう。近いうちに四、五日ほど品川台町へ帰らせていただきましょうか」

「そうして下さいまし。私ひとりに付ききりなのですから、他の患者さんに悪いとおもいます」

片山清助は、梅安が鍼医者のみの生活をしていると信じきっているのだ。

そのころ……。

笹屋伊八は、品川台町の外れに新しい見張り所を設《もう》けた。

見張り所というよりは、

「聞き込み所」

と、いったほうがよい。

おしまがもどって来たので、笹屋伊八は気力を取りもどした。

そうなると、また新しい思案も生まれてくるのか、伊八は、梅安宅から大分にはなれた白金猿町《しろかねさるまち》の小間物屋の二階を借り受け、そこに配下の太兵衛《たへえ》・お杉《すぎ》の夫婦者を入れた。

この夫婦は五十がらみの年齢で、息子から仕送りを受けて暮しているといっておいた。

このことを、伊八はおしまに告げていない。また告げる必要もない。

伊八は、血なまぐさいはなしを、おしまの耳へ入れたくないのだ。

したがって、音羽の半右衛門も、このことを知らぬ。

もしも藤枝梅安が帰って来れば、

「先生が帰って来たぞ」

このあたりの人びとは、よろこびの声をあげるにちがいない。

とすれば、猿町の二階にいる太兵衛夫婦の耳へも入るにきまっている。

(なぜ、そこに気がつかなかったのだろう)

笹屋伊八は、いまさらにそうおもった。

二月十日の朝。

藤枝梅安は品川台町の家へ帰った。

入れかわりに、彦次郎が片山清助宅へ泊り込むことになった。

「武蔵屋へは、二度ほど客になって行きましたがね。なかなか備《そな》えが堅《かた》くて、おもうようには行かねえ。梅安さん、武蔵屋は音羽の元締にことわられたものだから、別の口から、これぞという仕掛人を探しているのではありませんかね」

　彦次郎は、そういった。

「ふうむ。いざとなったら……」

「どうしなさる？」

「おもいきって、清助殿の口から、すべてを聞き出すよりほかに仕方もあるまいな」

「それが、いちばんいいと私もおもう」

「ともかくも、清助殿の躰は、お前さんにあずけたぞ」

「まかせておきなせえ」

　彦次郎のこたえは、いつもながらたのもしかった。

　帰宅した藤枝梅安は、すぐさま、おせき婆さんを走らせ、下駄屋の金蔵をよんだ。

「先生。いってえ何処へ行ってなすったのです。みんな心配していますよ」

「重い病人はないか？」

「いまのところはね」

「それは何よりだ」

「でも、重くないのは、一杯いますぜ」

「よし。私が帰ったことを、みんなにつたえてくれ」

「ようござんす」

七

藤枝梅安帰宅の知らせは、近辺の人びとの耳へ、たちまちにつたわったが、一方、小間物屋の二階に住みついた太兵衛・お杉夫婦も、このことを知った。

太兵衛から笹屋伊八へ、梅安帰るの報がとどけられたのは、いうまでもない。

そして、笹屋の二階にいる三浦十蔵にも、三ノ輪の質屋・富田屋を通じて石墨の半五郎にも、伊八からこのことが知らされたのである。

「ふうむ。そうか……では、ちょっと様子を見てまいろう」

「まさか、すぐに仕掛けをなさるのではありますまいね？」

「いうまでもない。先ず、様子を見てからだ」

ふらりと、三浦十蔵は出て行った。

深編笠《ふかあみがさ》をかぶり、羽織・袴をつけた姿で、なかなかに立派なものだ。

石墨の半五郎のほうは、例の嶋屋へ来て、伊八に、

「さようですか。いよいよ帰って来ましたか」

「もういいかげんに、お前さんがどんな仕掛けをするのか、打ちあけてくれてもいいとおもうが……」

「ふ、ふふ……」

「妙な笑いかたをしなさるなよ」

伊八は、どうも半五郎が好きになれなかった。

結局、半五郎は仕掛けの方法を口にせず、そのまま帰って行った。

（おもしろくもねえ。切畑の元締は、何で、あんなやつを寄こしたのだろう？）

笹屋伊八は、せっかく自分の気が入ったところを、半五郎にはぐらかされたようなおもいがした。

三浦十蔵にしても、何となく、たよりない。

それでも、様子を見に行っただけ、まだ増しである。

それをおもうにつけ、

（ああ、白子屋の元締が生きていなすったらなあ）

このことであった。

帰宅した藤枝梅安は、朝から日暮れまで、つぎからつぎへやって来る患者の治療に忙殺《ぼうさつ》されていた。

重病はいなかったが、たとえば下駄屋の金蔵のように、梅安がいなかった間に不摂生《ふせっせい》をして、また躰が悪くなった者も多い。

「金蔵。また酒をのみはじめたな」

と、梅安に叱られて金蔵は、

「先生。人の心というものは弱いものでございますねえ。まったく自分で自分に愛想《あいそ》がつきました」

「また、私に殴《なぐ》られたいのか」

「も、申しわけもねえことで……」

これでは四、五日の間に、おもうように治療がはかどらぬやも知れぬ。

片山清助のほうも捨ててはおけない。

(間に一度、清助殿のところへも行かねばなるまい)

梅安は夜になると、前に設《もう》けておいた戸棚の中の寝床へ入る。この戸棚には、いざというときに外へ逃げられるような秘密の扉が仕掛けてある。

(私が帰って来たことは、おそらく白子屋一味の耳へも入っていよう)

梅安は、いささかも油断をしていない。

梅安が帰宅して三日後の午後に、彦次郎があらわれたので、

「彦さん。あと半月ほどはかかる。清助殿は、どんなぐあいだ?」

「躰のほうは心配ねえが、やっぱり何かに怯《おび》えていますねえ」

「たのむよ、彦さん」

「先ず、日中《にっちゅう》は大丈夫だとおもいますがねえ」

「いや、それがいけない。ともかくも付ききりでいてくれ。私は明後日、清助殿の治療に行くつもりだ」

「そうしておくんなさい。今日、こっちへ来たのも、清助さん夫婦が心細がって、梅安さんはどうした、何処にいると、しきりに尋《き》くものだから……」

「わかった。夜は、よく眠っているようかね？」

「それがさ。梅安さんがいなくなってから、また眠れなくなってしまったらしい」

「それはいかぬな」

梅安は急に、片山清助の身が心配になってきた。

「梅安さん。このあたりに怪しいやつは、うろついていないようですね」

「うむ」

「やつらは、あきらめたのか……いや、そんなことはねえはずだ」

「そうとも。熱海へ来たやつなどは相当なものだ。いまごろは、どうして私を仕止めたらいいかと、思案をめぐらしているに相違ない」

打ち合わせをすますと、彦次郎は早々《そうそう》に帰って行ったが、そのとき、

「万一のときにとおもって、こいつを取りに来たのを忘れるところだった」

梅安の居間の戸棚の奥から、吹矢《ふきや》を取り出し、風呂敷へ包んだ。

「よいか、彦さん。夜は必ず、清助殿の隣りの部屋にいてくれ」

「いえ、昼間も其処《そこ》にいますよ」

「すまぬな」

「ときに梅安さん。実は、白子屋菊右衛門をお前さんがあの世へ送ったので、音羽の半右衛門さんが途方もねえほどの大きな仕掛料を出してくれ、私があずかっているのですがね」

「白子屋の仕掛けは、私ひとりがやったことだ。だれにたのまれたのでもない。金はいらぬ」

「そういいなさるとおもって、いままで黙っていたのだが、では、どうしたらようござんす?」

「その金を、か?」

「ええ。小杉さんもいらないというし、音羽の元締へ返そうとおもったが、この金は私が出したのではないのだから、どうしても受け取ってくれといいなさる。だから、困っているのですよ」

「金があって困るのは、彦さんだけだ」

「お前さんだって、そうでござんしょう」

八

今日も湯けむりの中で、鵜《う》ノ森《もり》の伊三蔵は目を閉じている。

坊主の湯は、依然として雪に埋もれていた。

丸太造りの浴槽の、向うの片隅に、猟師《りょうし》らしい男が身を沈め、何やら低い声で唄っているようだ。

冬場の、この温泉には、番人の留右衛門《とめえもん》が小屋にいるきりだが、猟師や炭焼きは入浴しに顔を見せる。

「お先に、ごめんなせえ」

猟師が、伊三蔵に声をかけた。

伊三蔵は、軽くうなずいたのみであったが、どうしたものか、その瞬間に脳裡《のうり》へひらめくものがあった。

猟師の声が、連想をよんだわけでもない。

この温泉へ閉じこもってから今日までの長い間、明けても暮れても、

(藤枝梅安を、どのようにして仕掛けたらよいか?)

この一事を考えつづけ、おもいつめていた伊三蔵の脳裡へ、突如として、

（これだ!!）

仕掛けの方法が、ひらめいたのだ。

（よし。もう迷うことはねえ。これにしよう）

勢いもよく、伊三蔵は浴槽から出た。

温泉の効能もあってか、伊三蔵の体調はよくなり、細い躰にも肉がついてきた。

綿入《わたい》れの褞袍《どてら》を着込むと、伊三蔵は、まっすぐに番人小屋へ向った。

浴場に接して、湯治客のための、ひろい建物があり、その一隅を番人が板壁で囲ってくれ、そこに伊三蔵は寝起きしているのであった。

番人小屋では、留右衛門と猟師が酒をのんでいた。

「留右衛門さん。いいかね？」

伊三蔵が声をかけると、

「さあ、お入りなせえ。お前さまも一杯どうだね。湯あがりの一杯はたまらねえよ」

「酒をのむと、湯治の効目《ききめ》が消えてしまいます」

「そりゃまあ、そうだが……」

「ねえ、いま、街道へ出るのはむりでござんしょうね」

「そうさなあ……」

留右衛門が猟師に、

「どんなものかのう?」

「この客人《きゃくじん》が帰りなさるというのかね?」

と、猟師がいった。

「そうなのでござんす。ぜひとも、急の用事がありまして」

「それなら、わけもねえ」

猟師は事もなげに、

「わしが背負《しょ》って行けばいいだよ」

「あ……」

と、留右衛門が、

「そうだ。それなら大丈夫だ。荷物と同じだものなあ」

「ありがとうござんす」

鵜ノ森の伊三蔵の両眼に光りが加わってきた。

「まことに失礼でござんすが、お駄賃《だちん》は、おもいきりはずみます。どうか、お願い申します」

「ええともよ」

たのもしく、猟師は受け合い、

「だが二、三日、空のぐあいを見てからにしよう。今日も、これから雪が降り出しそうだ」

「待ちます。そちらのよろしいときに、お願い申します」

留右衛門が、

「客人、顔の色が見ちがえるように、よくなった」

「さようですか。ここのお湯が効いたのでござんしょう」

「来たときは、どうなることかとおもうほど、窶《やつ》れていなすったによう」

「そうでござんした」

伊三蔵が、しんみりと、

「ここのお湯には、このいのちを二度、助けてもらいました」

「そうだのう」

伊三蔵は自分の寝場所へもどると、すぐに旅仕度にかかった。

(何故、このことに早く気がつかなかったのだろう)

仕度にかかる伊三蔵の手は、昂奮《こうふん》にふるえている。

(いや、気づかなかったのもむりはねえ。こんな仕掛けをするのは、おれもはじめてのことなのだからな。ともかくも江戸へ行き、先ず、藤枝梅安の居所《いどころ》を突きとめなくてはならねえ。あの騒ぎの後で、梅安は江戸をはなれたろうが……もう舞いもどって来やがったか、どうか？)

旅仕度を終えた伊三蔵は、炬燵《こたつ》へもぐり込み、煙管《きせる》を取り出した。

ちらちらと雪が降りはじめてきた。

煙草のけむりを吐いた伊三蔵の目が据《す》わってきた。

(梅安め。どうするか見ていやがれ)

殺気にみちたつぶやきを、鵜ノ森の伊三蔵は胸の内で洩らした。

その日の午後もおそくなって、石墨の半五郎が品川台町の通りへ、ふらりと姿をあらわした。

藤枝梅安が帰宅してから、十日目のことだ。

この間に一度、梅安は片山清助宅へおもむき、治療をほどこしてから、翌日、また家へ帰って来た。

清助は、いまもしきりに、京都へ帰りたがっている。

どんよりと曇った、朝から冷え込みの強《きつ》い日であったが、まぎれもなく春は近づいて来つつある。

梅安宅の背後の、雉子《きじ》の宮《みや》の社《やしろ》の木立を見ても、それがわかった。

木々の枝は芽吹きを待ってふくらみはじめ、土の香りは日毎に濃くなってきつつあった。

石墨の半五郎は菅笠《すげがさ》をかぶり、杖をついていた。

雉子の宮の本堂へぬかずいてから、また、品川台町の通りへ出て来た半五郎の足許が、何となくおぼつかぬように見えた。

半五郎は通りを西へ下って行き、見えなくなってしまった。

今日も、梅安は忙しく治療に立ちはたらいていた。

やがて……。

夕暮れが近づいて来た。

「婆さん。もう帰りなさい。明日もたのむよ」

「わかっていますよ」

おせき婆さんが帰った後でも、まだ二人ほど患者が残っていた。

そのとき石墨の半五郎が、またしても、通りへあらわれた。

半五郎は菅笠をぬぎ、左手に持っている。

右手には杖だ。杖にすがって、よろよろと歩く半五郎は、どう見ても病人であった。

顔も躰もすっかり細くなり、顔色《がんしょく》も灰色になっていた。

今日で五日、半五郎はろくに物を食べていなかったが、今朝だけは生卵を三個ものみ、熱い味噌汁を腹中へ入れてきた。

半五郎は、よろめきながら雉子の宮の境内へ入った。

立ち停まって、石段の彼方の藤枝梅安宅の屋根を、しばらく見つめていたが、ややあって歩み出した。

今度は、まぎれもなく、半五郎の足が梅安の家へ向っている。

稲妻

一

あらためていうまでもなく、石墨《いしすみ》の半五郎は、去年の春に、鵜《う》ノ森《もり》の伊三蔵が梅安暗殺に失敗したことを知っていない。

ゆえに、伊三蔵がどのような方法で梅安を仕掛けようとしたのか、それも知らぬ。

患者の治療に当っているときの藤枝梅安は、仕掛人の梅安ではない。ほかのことは、すべて忘れ、鍼《はり》医者として治療に全力をかたむける。

死んだ白子屋菊右衛門は、その梅安の盲点《もうてん》をついて仕掛けることをおもいついた。

「元締、こいつはおもしろい。ようございます。私がやらせていただきましょう」

伊三蔵は白子屋が洩《も》らした仕掛けの方法に、すぐさま乗った。

あのとき、田島一之助《かずのすけ》が障子を開けなかったら、おそらく梅安は、伊三蔵が揮《ふる》った鋭利《えいり》な刃物で喉笛《のどぶえ》を掻《か》き切られていたろう。

石墨の半五郎が、それと同じ仕掛けをおもいついたのは偶然である。

(よし。これならば失敗《しくじり》はしまい)

半五郎の自信は大きかった。

梅安が品川台町の家へ帰って治療をはじめたと聞き、半五郎は五日の間、食を絶った。病人に見えなくては、怪しまれるからだ。

鵜ノ森の伊三蔵も、たしか二日ほどは食を絶ったはずだが、それをしなくとも伊三蔵の躰《からだ》は相当に傷《いた》んでいたから、治療にかかった梅安にも怪しまれなかったのである。

この日、最後の患者の治療を終えて送り出した藤枝梅安の家へ、蒼《あお》ざめた顔の石墨の半五郎があらわれ、

「私は、高輪北町《たかなわきたまち》に住む辰三郎《たつさぶろう》と申す者でございますが、こちらの先生の評判を聞き、お訪ねいたしましてございます。どうか、治療をお願い申します」

そういったとき、梅安は眉《まゆ》の毛一すじもうごかさず、

「よろしい。診《み》てあげましょう」

半五郎を治療室へ通した。

半五郎は、おそらく、

（しめた）

と、おもったにちがいない。

しかし、藤枝梅安ともあろうものが、このまえと同じ仕掛けをくらってあの世へ行くわけがない。

梅安は、

（この男は、もしやして、白子屋一味の仕掛人ではないのか？　そうだとしたら、この前と同じ仕掛けを、わざとするつもりなのだろうか？　まさか、そうではあるまいが……）

半信半疑《はんしんはんぎ》であったが、いささかも油断をしていない。

先ず、半五郎に双肌《もろはだ》を脱がせ、俯《うつぶ》せにしてから、触診《しょくしん》をした。

「ここは痛むかな？」

「はい、少し……」

「ここは？」

「痛ッ……」

たしかに、絶食によって半五郎の体力はおとろえているが、格別に重い病気をもっているのでもないと、梅安は看破《かんぱ》した。

「ここは、どうかな？」

「いえ、別に……」

「痛まぬ？」

「はい」

「ふうむ……」

「この、胸の下のあたりが、ひどく痛むのでござります」

「胸の下、な」

「はい」

「では、仰向きになっていただこう」

「は、はい」

これぞ、半五郎が待ちかまえた瞬間であった。

まくれあがった裾《すそ》を直しながら、俯せの躰を反転させると同時に、腹巻の下から引き抜いた細い刃物で、半五郎は梅安の喉笛めがけて襲いかかった。

鵜ノ森の伊三蔵と、やることは何も彼も同じだ。

だが梅安は、二度と引っかからぬ。

飛びかかってきた半五郎の顔面へ、梅安の大きな拳《こぶし》が強烈な打撃をあたえた。

「あっ……」

したたかに鼻柱を殴《なぐ》りつけられ、半五郎が仰向けに倒れた。

半五郎の鼻から、血がふきこぼれてきた。

「う、うう……」

それでも半五郎は、半ば気を失《うしな》いかけながら、這《は》うようにして逃げようとする。

その躰を蹴倒した梅安が、半五郎の胸下の急所へ拳を打ち込んだ。

今度こそ、半五郎は完全に気絶してしまった。

梅安は障子を開け、外を見まわした。

だれもいない。

何処《どこ》かで、鴉《からす》の鳴き声がしている。

また障子を閉めてから、仕掛針《しかけばり》を取り出し、半五郎を俯せにした。

半五郎の項《うなじ》の急所へ、するりと仕掛針が吸い込まれた。

ぴくぴくと、半五郎の手足が痙攣《けいれん》を起した。

石墨の半五郎の生涯は、これで終った。

立ちあがった藤枝梅安は、凝《じっ》と半五郎の死顔《しにがお》を見下ろしている。

（熱海の宿の廊下まで来たのは、こやつではないのか。どうも、そうらしい。あのとき、私を殺すことができなかったので、いろいろに思案をしたあげく、偶然、この前の男と同じ仕掛けの方法をおもいついたにちがいない）

偶然でなければ、同じ仕掛けを実行するはずがないではないか。

鼻血をきれいに拭《ふ》き取ったあとの、半五郎の死体は、全く血で汚《よご》れていなかった。

ただ、仕掛針を引き抜いた痕《あと》に、わずかな血が洩れ、それもやがて凝固してしまった。梅安は、その血痕も丹念に拭き取った。

梅安は死体を治療室の押入れの中へ隠し、しばらくの間、沈思《ちんし》した。

いったんは、目黒の西光寺へ死体を運び、なじみの深い光念和尚にたのみ、墓地へ埋めてもらおうかとおもったが、おもい直した。

何しろ光念和尚は、梅安の暗黒面を知らない。

(ひょんなことから、迷惑がかかるようになってはいけない)

夜になって、梅安は裏の物置小屋から、手押しの小さな荷車を引き出してきた。

石墨の半五郎の死体を菰包《こもづつ》みにして縛り、これを荷車へ括《くく》りつけ、

(死体の始末は、やはり、お上《かみ》につけてもらおう)

いずれにせよ、半五郎は無縁仏《むえんぼとけ》となって、人知れず葬《ほうむ》られることになる。

荷車を押して、藤枝梅安は畑道づたいに品川の方へ向った。

そして、品川の御殿山に近い畑道へ、菰から出した半五郎の死体を横たえた。

明日の朝、このあたりを通りかかった土地の人がこれを発見し、お上へ届け出ることになろう。

死体を見つけた人へは礼金を出したいところだが、いまの梅安としては、迂闊《うかつ》なまねをつしまねばならぬ。

冷え込みの強い夜の畑道へ横たわった半五郎の死体を後に、梅安は荷車を押し、足を速めて歩みはじめた。

荷車へつけた提灯《ちょうちん》のあかりは、たちまちに闇の底へ消えた。

月もない暗夜《あんや》である。

漆黒《しっこく》の空から、ちらちらと白いものが落ちてきた。

二

この夜の雪は積もらなかった。

翌朝は晴れあがり、日ざしも、めっきりと春めいてきた。

何事もなかったように、この日も、藤枝梅安は治療に専念した。

梅安宅の、庭の白梅が花をひらきはじめている。

この日、治療を終えてから、梅安は南日本橋・松屋町の片山清助方へおもむいた。

まだ夜にならぬうちに家を出た藤枝梅安は徒歩、または途中から辻駕籠《つじかご》を拾ったりして、遠まわりをしながら片山家へ着いたのだが、後を尾《つ》けてくる者の気配は全くなかった。

到着するや、すぐに梅安は清助の治療にかかった。

彦次郎は、となりの部屋にいるらしい。

「ほう、これは……大分によくなられましたな」

「梅安さん。そ、それは、まことでしょうか？」

清助の躰の、肌の色までちがってきたようだ。

「血のめぐりが、よくなったようです」

「はい。それは、自分でもよくわかるような気がいたします」

「さようか……」

「頭痛も、ほとんど消えてしまいました」

「それは何より」

「梅安さん。もう大丈夫のような気がします。京へ帰ってはいけませぬか？」

「さほどに、この江戸をはなれたいのですか？」

こういって梅安が、凝《じっ》と清助の眼を見つめると清助は、はっと眼を伏せて、うなずいた。

そこへ、妻のお芳が遅い夕餉《ゆうげ》の仕度ができたことを告げに入って来たので、

「清助殿。また後で、もう一度、治療をします。それまでは少し、おやすみになっていて下さい」

梅安は階下へ降り、膳の仕度がしてある茶の間へ入った。すでに夕餉をすましていた彦次

郎も、つづいて入って来て、

「ひとつ、酌をさせていただきましょうかね」

「ほう。あらたまったな」

「ねえ、梅安さん。ほんとうに京へ旅立たせても大丈夫なので？」

「あと一ヵ月」

「なるほど」

「退屈したかね？」

「いや、毎日、旨《うま》いものを食べさせてもらって、躰をうごかさねえものだから……」

「少し肥《こ》えたね」

「見っともねえ面《つら》になってしめえましたよ」

苦笑した彦次郎は、自分の頬《ほほ》をぴしゃりと打って見せた。

彦次郎のはなしによると、清助夫婦と今年十七になるひとり娘のお幸《こう》は、京都へ移る相談を重ね、その仕度にかかりつつあるようだ。

「その後、武蔵屋への探りも入れていねえので、気が気ではねえのだが……」

「彦さん。もう少し辛抱《しんぼう》をしてくれ。たのむ」

「ええもう、こんな辛抱ならいくらでもしますがね」

お芳が入って来て、新しい酒と肴《さかな》を置き、また台所へ去った。

「彦さん……」

「え？」

「昨日、来たやつを殺《や》ったよ」

低い声で梅安が、

「たぶん、熱海へ来たやつだとおもう」

「で、どんな？」

梅安は、昨夜の様子を手早く語り、

「私が品川台町へ帰ったことは、白子屋一味の耳へ入ったとおもってよい」

「畜生……」

彦次郎が舌打ちをしたとき、お芳の足音が近づいて来た。

お芳が入るのと入れちがいに、彦次郎は二階に引きあげて行った。

そこへ、娘のお幸も来て、

「小父《おじ》さま。いつも、ありがとう存じます」

両手をつき、しっかりと挨拶をする。

「おお。遅くに台所へ行かせて相すまぬ」

「とんでもないことでございます」

「お幸さんは、まだ京を知らぬはずじゃな？」

「はい。ですから、たのしみにしているのでございます」

「江戸に生まれ育ったのに、京へ行くのがたのしみと申されるか?」

「はい。何よりも父がよろこびますので」

「さようか」

「父がうれしければ、私もうれしいのです。京は父の故郷《くに》でございますから」

「ふうむ」

お芳は、何事もはっきりと口にのぼせる娘に「これ……」と、軽くたしなめた。

お幸が出て行ってから、梅安は酒をやめ、食事にかかった。

「先生。あるじが癒《なお》るまで、後どれほどかかりましょうか?」

「急《せ》いてはなりませぬ」

「はい」

「すっかり癒してから発《た》たねばならぬ。おわかりですな?」

「はい」

梅安は、もう一度「急いてはなりませぬ」と念を入れた。

片山清助の一命を奪おうとする仕掛けの実態を一時も早く、つかみたいと梅安はおもう。

それでないと、たとえ自分が清助一家を護《まも》って京へ向うにしても、それから後のことが気にかかってならぬ。

京であろうが、大坂であろうが、雪国の山の中へ逃げたとしても、仕掛人ならば何処までも追って来るはずだ。

食事をすませ、二階へ行くと、片山清助はこころよげに眠っていた。

「梅安さん。今夜は？」

「泊る」

「それなら、じっくりとはなしたいことがあるんですがね」

「何のことだ？」

「いっそ、清助さんの身を他所《よそ》へ移して、治療をなすったらどんなもので？」

「何処へ移す？」

「品川台町に」

「私の家にか？」

梅安は瞠目《どうもく》した。

「それは彦さん……」

「こうなったら、いっそのことに、それがいいとおもうのだ。私と梅安さんが二人がかりで、仕掛けて来るやつらを片端からやっつけてしまいましょう」

彦次郎の肝《きも》のふといのにおどろいた藤枝梅安だが、ややあって、

「それはだめだよ」

「どうして？」

「彦さんは、京にいたころの私を知らぬ。そのころの私と、片山兄弟の関わり合いを知らぬ」

「…………」

清助が目をひらいたのを見て、梅安が、

「では、治療を」

「はい」

清助は俯せになった。

その背中へ鍼を打ちつつ、梅安が、

「あたたかになりましたな」

「はい。おかげをもって、このように躰もよくなり、今年の春は、ひとしお身にしみるおもいがします」

「さようか。ときに清助殿」

「何でしょう？」

「あ、そのまま。そのままで、お聞き下さい。私は、このように鍼の治療をしているので、あなたがおもいおよばぬところへも足を運び、治療をすることがあります。おわかりでしょうな？」

「はい、それは……」

「この世の中……いや、ことに江戸は京とちがって、その私でもびっくりするような事を見たり、耳にしたりします」

「はあ……」

梅安が押し黙ったので、片山清助が顔を振り向け、

「それで、何か？」

「清助殿。私は二年ほど前に、ちょうど、あなたのような人の治療をしたことがあります」

「私のような？」

「さよう。泊り込みで、およそ一月《ひとつき》ほども治療をしましたろうか。夜半《よなか》になって、となりの部屋に私が寝ていますと、その病人がしきりに魘《うな》される。何ものかに怯《おび》えているのです、あなたのように」

清助は沈黙した。

梅安は尚も作りばなしをつづけた。

「何に怯えて魘されるのか、いかに私が尋ねても打ちあけてくれぬ。名は申しませぬが、この人は江戸でもそれと知られた金持ちの、ある商家の御主人でしたが……」

「………」

「やがて、病人の治療も終り、躰は元のようになりました。その途端《とたん》に、その人は死んでし

まいました」

「えっ……」

「殺されてしまったのです」

「う……」

鍼を打つ手をとめぬままに、

「よろしいか、清助殿。今夜は、どうあっても、あなたが胸の奥底深くに隠している秘密を打ちあけていただきたい。それでないと、あなたの身を護りきれなくなります」

と、梅安が重おもしくいったのである。

三

それから数日後の昼下りであったが……。

千住大橋を北詰から南へ渡りつつある鵜ノ森の伊三蔵の姿を見ることができる。

千住は江戸四宿《ししゆく》の一で、江戸より奥州《おうしゆう》・日光街道への第一駅であり、江戸開府以来、宿駅としての発展も早かった。いまも人馬の往来が昼夜となく絶え間がない。

荒川へ架かる千住大橋より江戸の方を〔小《こ》千住〕とよび、北の方、つまり宿場町を〔大千住〕とよぶ。

その大千住に軒をつらねる旅籠《はたご》の中には、飯盛女《めしもりおんな》（私娼）をおいている食売旅籠《しょくばい》が五十をこえていて、いわゆる千住女郎衆の名は高い。

千住大橋を境《さかい》にして、南は江戸、北は武蔵の国・足立郡《あだち》の千住ということになる。

いま、鶏ノ森の伊三蔵は、大千住の外れにある旅籠の草加屋五助《そうかやごすけ》方から出て、江戸へ向うところであった。小さな旅籠の草加屋は食売旅籠ではない、商人宿だが、江戸にいるときの伊三蔵は何年も前から此処《ここ》を常宿にしていた。

かねてから伊三蔵は草加屋の主人・五助へ、心づけの金をたっぷりとわたしてあるし、いつだったか草加屋が百両余の借金に苦しんでいたとき、気前よく貸してやった。その金は間もなく返した草加屋だが、伊三蔵にはひどく恩義を感じていて、

「此処へ、お泊りになるときは、親類同様ということにして下さいまし」

「そうですか。それではね、お上のお調べなどがあったときは、そのようにしておいて下さい」

「ようございますとも」

「何しろ、お調べを気にしていると、ゆっくり、商談《はなし》をまとめることもできませんので」

「いや、ごもっともなことで」

千住の宿場でも例に洩れず、旅籠へ泊る客には気をつけている。宿帳は定期的に調べるし、旅籠のほうでも協力して、犯罪を未然にふせごうとする。

だが、伊三蔵は草加屋五助から絶大な信頼を受けていたし、泊っても宿帳はつけない。

草加屋では、伊三蔵のことを、上方の小間物商人とおもいこんでいるし、伊三蔵もまた、商品の見本が入った小さな荷を背負って、江戸へ行ったり、帰って来たりする。どう見ても、伊三蔵は堅気《かたぎ》の商人そのものであった。

今日も伊三蔵は荷を背負い、角帯《かくおび》をきちんとしめ、白足袋《しろたび》をはいていた。

ちょうど伊三蔵が、千住大橋の中ほどまで来たときである。

江戸の方から橋を渡って来る荷馬、旅人などの蔭にいて見えなかった人影が飛び出して来て伊三蔵へ駆け寄り、

「ああ、よかった。やっと帰って来なすったね」

と、声をかけてよこした。

五十五、六に見える小柄な老爺《おやじ》である。裾を端折《はしょ》って、紺の股引《ももひき》に紺足袋、白緒の草履《ぞうり》という風体で、顔つきが何かの動物に見える。そうだ、横顔は鼠《ねずみ》そっくりで、伊三蔵は、この老爺を、

「鼠の爺《とっ》つぁん」

と、よんでいる。

名は藤七《とうしち》といって、伊三蔵が、この老爺へかけている信頼は小さなものではない。

「爺つぁんか。久しぶりだね」

「はい、お久しぶり」

「何処へ行きなさる？」

「知れたことじゃごさんせんか。この藤七が千住大橋を北へ渡るとなりゃあ、行先は草加屋にきまっている」

「ふうん……すると、私に用がありなさるのだね？」

「去年の暮から三度も、草加屋へ足を運んだが、お前さんは江戸にいねえということで……」

「それは聞いた。だがね、爺つぁん、いまの私は、お前さんの役に立てそうにもないよ」

二人は肩をならべ、大橋を江戸の方へ歩み出している。

「爺つぁん。私はね、いま、仕掛けはできない。他に切羽つまった用事があるのだ」

「それは、何処かの仕掛けなので？」

「まあ、どうでもいい。ともかくも、この仕事がすむまでは手がぬけない」

「では、それが済んでからでようござんすよ。なあに、こっちは急ぐわけじゃない……いや、そうでもねえかな。そうゆっくりしてもいられねえだろうな」

「だから爺つぁん。このはなしは……」

「伊三蔵さん。この仕掛けの起り（依頼人）がだれか、それだけでも聞いて下せえよ」

「……？」

「蔵前の武蔵屋の旦那が起りなのだよ、伊三蔵さん」

「え……嘘《うそ》じゃあないだろうね?」

「お前さんに一度だって嘘をついたことがあるかえ?」

「ない」

二人は大橋をわたり、小千住へ入ったが、黙り込んだままで歩みつづけた。

朝から空は曇っていたが、寒気は去って、妙になまあたたかいほどであった。

いつの間にか、浅草の山谷町《さんやまち》まで来ていたが、そのとき鵜ノ森の伊三蔵が、

「仕様がねえな」

呻《うめ》くがごとくに、

「武蔵屋の旦那が起りとあれば、こいつ、はなしだけでも聞かないわけにはゆくまい……」

「だろう?」

「うむ」

「では、段どりをつけてようござんすね?」

「仕方もねえことだ」

「これから、お前さんは何処へ?」

「こうなったら、今日はやめよう」

「それでは、わしがこれから一足先に武蔵屋へ行って、旦那の都合をたしかめて来るから、

お前さんはそうだな……うむ、武蔵屋の少し手前に福本《ふくもと》という蕎麦《そば》屋があるから……」

「知っている」

「よし。そこの二階で待っていて下せえ。ようござんすか？」

「わかった」

「ああ、よかった。武蔵屋の旦那が、どんなによろこびなさることか」

「爺つぁん。旦那にあったら、ともかくも、いまの私は別の仕掛けに取りかかっているということを、耳へ入れておいてもらいたいね」

「わかった」

藤七は、足を速めて歩き出した。

老爺とはおもえぬ達者な足取りで、見る見る遠ざかって行った。

その後姿を眼で追いながら、鵜ノ森の伊三蔵は軽く舌打ちをした。

四

伊三蔵が、武蔵屋政五郎にたのまれ、はじめて武蔵屋の仕掛けをしたのは、十年ほど前のことであった。

殺した相手は、三千五百石の大身旗本・酒井主計《かずえ》の用人をつとめていた森下《もりした》斧次郎《おのじろう》という侍である。

伊三蔵は、湯島の妻恋坂《つまごいざか》の上で、主人の屋敷へ帰る途中の森下を襲った。

森下は老人だったし、

「お前さんの腕なら、わけもねえことだ」

と、武蔵屋政五郎はいった。

武蔵屋は、仕掛人としての伊三蔵の評価を、かねてから耳にしていたものとみえる。

伊三蔵は気をゆるしていたわけではないが、何度も森下用人の歩む姿をたしかめているうちに、

(なるほど、旦那のいうとおりだ)

自信を抱いた。

老人だし、腰に帯《たい》した大小の刀が、いかにも重そうであった。

夜の妻恋坂で、伊三蔵は正面から森下用人へ襲いかかった。躰ごと打ち当って、短刀を森下の胸下へ突き入れた。伊三蔵が特別に注文した短刀は刃物というよりも一種の細い槍《やり》といったほうがよい。

森下の供の小者が叫び声をあげて逃げたのを見送りながら、伊三蔵は突き刺した短刀を引き抜き、にやりと笑った。

よろめいて倒れかかりながら、森下用人が大刀を抜き打ったのが、その瞬間であった。

たしかに森下は剣術の稽古をしたこともないような老人だったが、死物狂いで引き抜いた大刀を無我夢中で打ち振ったのである。

これが、伊三蔵の左の太股《ふともも》を深く切り割った。

森下には、それを見とどける気力も残されていなかった。大刀を手からはなし、崩れ倒れて息絶えた。

武蔵屋が何故、森下用人を殺したのか、むろんのことに伊三蔵は知らぬ。

ともかくも仕掛けは成功したが、伊三蔵は重傷を負った。

武蔵屋は「よくやってくれた」と、伊三蔵を匿《かくま》い、傷の手当をしてくれた上で、仕掛料のほかに三十両を見舞金としてよこし、

「この傷は重い。傷によく効《き》く温泉《ゆ》を知っているから、ゆっくりと湯治《とうじ》をして来るがいい」

駕籠の手配をしてくれ、藤七をつけて、あの山の中の〔坊主の湯〕へ送りとどけてくれたのだ。

傷は、ひどく化膿《かのう》しており、衰弱しきっていた伊三蔵は、

(これで、おれもお仕舞《しま》いか……)

覚悟をしたほどで、いまさらながら森下を見縊《みくび》った自分の油断が口惜《くや》しかったものだ。

あのときの武蔵屋政五郎のはからいは、実に行きとどいたもので、伊三蔵は藤七へ、

「武蔵屋の旦那には、頭があがらなくなってしまった」

しみじみと、洩らした。

その後、約十年の間に、武蔵屋は一度も伊三蔵へ仕掛けをたのんだことがない。

それでいて年に二度か三度、藤七を使いによこし、

「気軽に御飯を食べよう」

さそっては、なごやかに飲んだり食べたりするのだが、一度も仕掛けのはなしはせず、帰るときは駕籠をよんでくれ、

「これは少ないが、お前さんの時間《とき》をもらった、その代金だ」

こういって、金十両を伊三蔵へわたす。

このような間柄になってしまっては、武蔵屋に会わぬわけにはまいらぬ。

〔福本〕という蕎麦屋は、蔵前（幕府の御米蔵の前通り）の、元旅籠町《もとはたごちょう》二丁目にある。小ぎれいな店で、気のきいた酒の肴も出すし、二階には小座敷が二つあり、ゆっくりとくつろげた。蕎麦も旨いが、酒も旨い。五年前に開店したと聞いたが、蕎麦好きの伊三蔵は何度も行っている。

〔福本〕の二階で酒をのんでいるうちに、鵜ノ森の伊三蔵の胸の内が変りつつあった。

（そうだ。引き受けてもいいいな）

坊主の湯で、

（これだ!!）

伊三蔵の脳裡《のうり》へひらめいた藤枝梅安殺しの方法を、

（梅安を殺る《や》前に、試《ため》してみるのもいい）

このことであった。

武蔵屋が依頼するだろう仕掛けについては、まだ何も知らぬが、梅安ほどの大物を仕掛けるために、伊三蔵が苦心惨憺《くしんさんたん》の末におもいついたものだから、相手がだれであろうと、試してみる値打ちがあるといってよい。

そのほうが、伊三蔵にとって自信もつく。

（梅安のほうは、あわてなくともいい。もう少し延ばしておけば、梅安も油断するだろう。大坂の白子屋のほうでも、元締が死んだというので大さわぎをしているにちがいないし、そして……）

ここで伊三蔵は、のみかけていた盃の手をとめた。その眼は不安の色を隠せなかった。

（そうだ。白子屋の身内の衆も黙ってはいまい。きっと、梅安の命をねらって、うごきはじめたろう。そうなると、もしや……）

白子屋一味の手で、自分より先に、藤枝梅安が殺されてしまっては、

（おれの意地を立て通すことができなくなる）

伊三蔵が不安になったのは、このことだ。

（なんとしても梅安は、おれの、この手で仕とめなくては……）

だが、あの藤枝梅安が他の仕掛人の手にかかって、

(むざむざと殺《や》られるだろうか?)

伊三蔵は盃の中の冷えた酒を口にふくみ、かぶりを振った。

(梅安を殺れるのは、この鵜ノ森の伊三蔵しかいねえ。他の仕掛人の手にかかるような藤枝梅安ではない)

廊下に、足音がした。

「鵜ノ森の人、おいでなさるか?」

「爺つぁん。入っておくれ」

藤七が障子を開けて、

「武蔵屋の旦那が、直《す》ぐに来てくれといってなさる」

「よし、行こう」

料理茶屋の武蔵屋は、鳥越橋《とりごえばし》に近い蔵前片町にある。表通りから裏は新堀川《しんぼりかわ》までの宏大な敷地で、武蔵屋政五郎は一代で、これだけの大きな店の主人となった。うわさによると若いころの政五郎は左衛門河岸《さえもんがし》で、小さな居酒屋をやっていたそうな。

武蔵屋へ来た伊三蔵を、若い者が裏手へみちびいた。藤七は何処かへ消えてしまった。

新堀川に面した舟着《ふなつ》きに猪牙船《ちょきぶね》が一つ舫《もや》ってあり、そこに武蔵屋政五郎がいた。

「おお、伊三蔵どん。やっと帰って来なすったか」

武蔵屋は血色のよい顔を向けて、

「ずいぶん、探《さが》しましたよ」

「おそれいります」

「さ、乗って下さい」

「へえ……」

伊三蔵が乗り込むと、中年の船頭が猪牙船を出した。

船は左へ曲がって鳥越橋の下をぬけ、御米蔵の南端の掘割から大川へ出た。

「だいぶんに暖くなりましてございますね」

「お前さん、なんだか顔色がよくなったようだ。ふむ、見ちがえるようだ」

「ごぶさたをいたしまして」

「なあに、こっちもすっかりごぶさたをしている」

武蔵屋は伊三蔵にも、ていねいなあつかいをする。

髪も眉も、すっかり白くなったが、とても七十の老人には見えなかった。すっきりとした細身の背筋がぴいんとのびていて、低い声がよく通った。

「藤七の爺つぁんから聞いたが、お前さん、いま、急ぎの仕掛けにかかっているそうだね」

「へえ、まあ……」

「どうだろう。その仕掛けと、私がたのむ仕掛けと、両方やってみては」

「両方?」

「私のほうのは、さして、むずかしい仕掛けではない。ただ、失敗《しくじり》だけはしてもらいたくない。そこでお前さんにたのむのですよ」

「へえ……?」

「相手は、いま、病気で寝ているらしいが、起きて出てくれば、私がうまく手引きをするから、さほどに骨は折れまいとおもう」

「…………」

「その相手の名は……」

「あ、旦那。それを聞いては、この仕掛けを断われなくなってしまいます」

「いいよ、断わっても」

「ですが、そいつは、どうも……」

「どうしても、お前さんができないとあれば、他をあたる。実はね、はじめはお前さんも知っている音羽の半右衛門にたのんだが断わられてしまった。しかも仕掛ける相手の名を聞いておきながら断わってきてね。あの爺《じい》さんもひどいやつだ」

「ですから旦那。私は名を聞かねえほうがいいと……」

「お前さんは別ですよ」

武蔵屋は微笑して、伊三蔵の顔をのぞきこむように、

「お前さんは、私の死んだ弟にそっくりなのだ。いえ顔じゃあない、気性《きしょう》が、ね」

「旦那。それでは私に、半右衛門を殺《や》れとおっしゃるので？」

「ちがいますよ、鵜ノ森の人。私も馬鹿ではない。半右衛門に煮え湯をのまされても、いまのところは事をかまえたくない。先行きのことはわからないがね。また、半右衛門も、この一件については他へ洩らしはすまい」

「それはそうでござんしょう」

「お前さんにたのむ、その相手は松屋町の薬種屋の主人《あるじ》で片山清助という男なのですよ」

一気に、武蔵屋政五郎がいった。

五

藤枝梅安は、品川台町の自宅と片山清助宅を行ったり来たりしている。

（桜花《はな》が散るころには、江戸を発《た》てるだろう）

そのつもりで、清助の治療をすすめている藤枝梅安は、彦次郎に指圧の要領を教え、自分が行かぬときも彦次郎に清助の躰のツボを圧《お》すようにたのんだ。

彦次郎は、清助を京都へ送って行く梅安に、ついて行くといってくれた。これは梅安にとって非常に力強いことである。

すでに梅安は、片山清助が何故に怯《おび》えているかを知った。

梅安の真《しん》にせまった作りばなしにさそわれ、ついに清助は、たまりかねてすべてを打ちあけたのだ。

聞いて梅安は、

(これは、容易ならぬことだ)

直感したが、だからといって、すべての事情があきらかになったわけではない。清助も同じである。

去年の夏も終ろうとする或日《あるひ》、片山清助宅へ一通の書状が届けられた。それは、幕府の奥《おく》御《ご》祐筆《ゆうひつ》をつとめている、四百石の旗本・駒井《こまい》助右衛門《すけえもん》周之《ちかゆき》からであった。一夕、酒飯《しゅはん》を共にしようという。さそいの手紙である。

奥御祐筆という役目は、幕府の機密文書を取りあつかう。

まことに重要な、しかも権威のある役職であって、大老《たいろう》・老中《ろうじゅう》・若年寄《わかどしより》の重要な会議にも出て、大名や旗本の人事について意見をのべたりする。

大老・老中・若年寄が執務する御用部屋に詰めていて、何事も奥御祐筆を通さなくては御用部屋へ入ることができない。

また、諸大名などが将軍や幕府へ差し出す願書《がんしょ》なども、奥御祐筆の手かげん一つで、どうにでもなるといわれた。土木や営繕《えいぜん》の課役《かえき》についても、事実上の人選をする。

　ともかくも、このように大きな、非常の権力をもつ奥御祐筆ゆえ、収賄《しゅうわい》もおこなわれ、一時は諸大名の家来や旗本などとの交際を禁じられたこともあるそうな。

　片山清助が、奥御祐筆の駒井助右衛門を知るようになったのは、駒井が重病にかかってからだ。

　その折の駒井の主治医で、幕府の表御番医《おもてごばんい》をつとめる安倍道円《あべどうえん》の処方《しょほう》により、片山清助が薬をととのえた。

　駒井が全快したとき、安倍道円が、

「片山清助の薬がなかったなら、御一命《ごいちめい》にもおよぶところでござった」

と、駒井に告げたそうな。

　駒井は大いによろこび、

「それでは啓養堂の主人へ礼を申そう。これより先、わしもどのような重病にかかるか知れたものではない。啓養堂を大事にしておきたい」

　一夕、上野の仁王門前の料理屋〔蓬莱屋《ほうらいや》〕へ清助を招き、馳走《ちそう》をしてくれた。

　その後も駒井助右衛門の口ききで、清助は大名や大身旗本のために、何度も高貴薬をととのえてきた。

　いわば駒井は、片山清助にとって〔恩人〕のひとりであった。

　駒井は、役目がら交際がひろい。

その上、気さくな人物であったから、片山清助の招待にも身軽に出かけて来る。酒も強く、めったに酔わぬ。いつも面《おもて》に微笑が浮いているが、眼は笑っていない。駒井の役目がそのような顔にしてしまったのであろう。

いずれにせよ、賄賂《わいろ》の誘惑が多い。その中を掻いくぐって役目をつとめるのだから、駒井の心労はなまなかのものではあるまい。

だが、駒井助右衛門と片山清助は少しずつ、心を許し合うようになってきて、駒井は清助の前で酔うこともあったし、心労の一部を、ちらりとのぞかせるようにもなってきたのである。

さて、当日の夕暮れ近くに、駒井から差しまわしの駕籠に乗って、片山清助は家を出た。

駕籠の前後を駒井の家来が警護するかたちでついているのが、いつもの招待のときとはちがっていた。

(はて?)

清助は、何となく胸さわぎをおぼえた。

駕籠がつけられたのは、不忍池《しのばずのいけ》の弁天《べんてん》境内にある〔美濃清《みのせい》〕という料理屋で、料理が旨く、駒井はよく利用している。

「おお、まだ暑いのに呼び出してすまなんだ。さ、これへまいられ。羽織はぬぐがよい」

こうしたときの駒井には、四百石の旗本という勿体《もったい》が少しもない。そこが清助にとってはこころよかった。

酒、料理を共にするうち、先刻の胸さわぎなど、清助は忘れてしまった。

「家の人びとに、変りはないか？」

「はい。おかげをもちまして息災《そくさい》にしておりますでございます」

「何より。それは何よりじゃ」

「ありがとう存じまする」

家来たちは、この席にいない。

だが、清助が小用《こよう》のため廊下へ出ると、駕籠についていた家来が廊下をへだてた向う側の座敷にいるのが見えた。襖《ふすま》は開けはなしてあったから、向うも廊下へ出た清助に気づき、笑いかけた。

清助も一礼して小用に行ったが、帰って来ると、家来のひとりが駒井の座敷から出て来たところで、

「お待ちかねでござる」

清助にそういって、自分たちの座敷へもどって行った。

駒井の座敷は、となり座敷との境の襖を取りはらい、合わせて十六畳の、ひろびろとした座敷に、二人きりであった。ここは〔美濃清〕の離れ屋のかたちになっていて、座敷は三つしかない。

この離れ屋が気に入っている駒井は、庭づたいに裏手から出入りをしているようだ。

「失礼をいたしましてございます」

「うむ、うむ」

「夜になりますと、これで大分にちがってまいりました。しのぎやすうございます」

「さよう……」

いいさした駒井助右衛門が、

「もそっと近くへ……」

「は？」

「ここへまいられ」

と、扇で自分のとなりを指し示した駒井助右衛門の顔つきが微妙《びみょう》に変っていた。

駒井の顔には、表情がなかった。

乾き切った砂の塊《かたまり》を見るような顔になっている。

「よく聞いてもらいたい」

「何事でございましょう？」

「これは、天下《てんが》のためにすることだと、前もって、わきまえていてもらいたい」

「天下のため……？」

「いかにも。まさに、そのとおりじゃ」

こういって、おもむろに坐り直した。

六

かたちをあらためると、駒井助右衛門のでっぷりとした体軀《たいく》は相応の威厳《いげん》をもっていて、このような駒井を一度も見たことがない片山清助を圧倒するかのようであった。

「啓養堂。たのみがある」

駒井がそういったので、清助は何気もなく、

「はい。何なりと……」

こたえてしまった。

商人ならば、しかも恩顧を受けている相手ならば当然のこたえだったろう。

「うむ。たのもしい返事をもらって駒井助右衛門、満足である」

「おそれいりますでございます」

「たのみというのはほかでもない。薬をたのみたい」

「はい。何なりと、おおせつけ下さいますよう」

「さようか。この薬については、わしの手のおよぶところ……たとえば表御番医の安倍道円にたのんでも、おそらく間に合うこととおもう。なれど……」

いいさした駒井の両眼が針のように細くなった。これは自分の表情を相手によみとられまいとするとき、駒井の身についてしまった本能的な習癖である。

「なれど、この一件については、迂闊《うかつ》なはからいができぬ」

「………」

「どこまでも人に知られず、この秘密の一雫《ひとしずく》も他へ洩れてはならぬ。何となれば、天下の大事に関《かか》わることゆえ、な」

「……?」

どうもわからぬ。駒井は何をいわんとしているのであろう。

駒井は沈黙した。

庭に面した障子は、すべて開けはなたれていた。

秋めいた夜気が、冷《ひ》んやりと座敷へながれ入ってきていた。

駒井は銀煙管《ぎんぎせる》を出し、煙草を吸いはじめた。いつまでも黙っている。

たまりかねて片山清助が、

「駒井様……」

「うむ」

「その……その薬とは、どのような薬なのでございましょう?」

駒井が煙管を音もなく煙草盆へ置いて、しずかに言った。

「毒薬《どくぐすり》じゃ」

清助の顔が、凍りついたようになった。

今度は清助が沈黙した。不安と恐怖の沈黙であった。

駒井が呻くがごとく、自分に言い聞かせるように、またしても、

「天下のためじゃ」

つぶやいた。

清助の総身《そうみ》に冷汗《ひやあせ》が滲《にじ》んできた。

「啓養堂……」

「駒井様……」

同時に二人は、たがいの名をよんだ。

「そちらから申したがよい」

「は、はい。申しあげます。そ、その……」

「その？」

「毒薬は、あの、何にお用《もち》いになりますので？」

駒井の頰へ、微《かす》かな笑いが浮いて、

「何に用いるとおもう？」

反問してきた。

「それは、ひ、人に用いるのでございましょうか？」

「そこまでは申せぬ。また、尋ねずともよい。わかるな？　天下のためにすることなのじゃ」

まさか、犬や猫に用いるのではあるまい……とすれば、何者かを毒殺するためというわけだ。

戸惑い、混乱する思念を、清助は必死にまとめようと焦《あせ》った。

清助も南蛮《なんばん》（異国）わたりの毒薬をもっている。毒薬というものは、場合によって重病患者に用いることもある。それはむろんのことに病人を癒すためにすることだ。そのときは毒薬と合わせて、しかるべき薬を調合し、つまり、

「毒をもって毒を制《せい》する」

のである。

もっとも、この場合は調合の場に薬種屋が立ち合わねばならぬ。それが定めだ。

ゆえに、毒薬をあつかうそれならば、清助でなくとも、入手できるはずだが、駒井の現職・奥御祐筆という立場、環境によって、これはむしろ、金品の賄賂をあつかうよりむずかしい。

駒井は「天下のため」と繰り返して言った。

それはつまり、幕府、政事、要人にからむことなのではあるまいか。

なればこそ駒井は、思案の末に、民間から毒薬を入手することに決意したのであろうし、

長い間の交際によって、

（片山清助ならば、たのむに足る男だ）

見きわめをつけたのであろう。

だが、おそらく駒井は、このために清助を引き立て、目をかけたのではあるまい。

長年にわたって奥御祐筆をつとめている駒井助右衛門は、なまなかな武士や医者などよりも、町人の中の、すぐれた才能や人柄を高く評価していた。

ともあれ、幕府の閣僚、高官、諸役人をふくめた政治の裏側には、片山清助の窺《うかが》い知れぬ、複雑な暗黒の世界が存在しているに相違ない。

「おぬしの人柄をたのみ、ここまで、わしは肚《はら》の中を打ち割った」

と、駒井はいうが、果して、そうだろうか。

毒薬の用途《ようと》もいわず、事情もあかさぬのだから、肚を打ち割ったとはいえまい。

清助は「よく考えさせていただきとうございます。二、三日の御《ご》猶予《ゆうよ》を……」と口に出かかったが、やめた。

いかに考えてみても、殺人のための毒薬を人手にわたすことは薬種屋であるかぎり、絶対にできぬことであった。他人は知らず、京都の啓養堂は室町時代からつづいている店である。

（京の兄の顔に、泥を塗ることができようか。そしてまた、毒薬をわたした罪、苦しみを、

私は一生背負って生きねばならぬ）

片山清助が、その場にひれ伏したのを見て、駒井助右衛門は勘ちがいをしたらしく、

「おお……」

手にした白扇で膝《ひざ》を打ち、

「引き受けてくれるか。ありがたし、ありがたし。そのかわりに……」

「あ、お待ち下さいまし」

「なんと？」

「まことに、申しわけのないことながら……」

「何？」

「こればかりは、お引き受けをいたしかねますでございます」

五体を震わせつつ、片山清助は自分でもおどろいたほど、きっぱりとした口調でいった。

「ふうむ……」

駒井の眼が、針のように光った。

「断わると申すのだな」

「はい」

「天下のためと申している」

「は……」

「それでも承知せぬと申すか」

「はい」

息づまるような沈黙がきた。

ひれ伏したままでいる清助は、駒井が立ちあがる気配を感じた。

瞬間、清助は、

(斬られる……)

と、おもった。

駒井の気配は、開けはなった庭の方へ移って行く。そのまま縁先から、庭へ出たようである。

「啓養堂……」

庭で、駒井助右衛門の、妙に嗄《しわ》がれた声がした。

「よいか。この大事を断わったからには、覚悟あってのことであろう。徒《ただ》ではすまぬぞ」

顔をあげぬまま、この言葉を耳にした片山清助は目が暗《くら》むおもいがした。

「その夜のうちに、私は殺されるものとおもいました」

清助は、藤枝梅安に、そう語った。

駒井助右衛門は去ったが、二人の家来は残っているだろうから、無事にはすむまい。

(斬られる……)

ものと、覚悟をしたが、そのうちに座敷女中があらわれ、駒井主従が帰ったことを清助に告げた。本当なのであろうか。怯えながらも駕籠をよんでもらい、松屋町の家へ帰って来たが、途中、何事もなかった。

家へ着いた途端《とたん》、どっと汗がふき出して来て、清助は土間にへなへなと坐り込んでしまったらしい。

「そのときは、殺されるものと覚悟を決めましたが、人というものはあさましいものでございます。家へ帰り、女房むすめの顔を見ると死にたくなくなりました」

「当然のことだ、清助殿」

ともかくも、あのとき駒井がいった「徒ではすむまい」の一言が、清助の頭にこびりついてはなれない。

駒井は、清助を抹殺《まっさつ》するについても、おのれの手を汚さぬつもりなのだ。

武蔵屋へ仕掛けをたのむまでには、二段階、三段階の仲介を得たのち、これなら大丈夫と見きわめをつけたのであろう。

武蔵屋は、鵜ノ森の伊三蔵にとって〔起り〕ではあるけれども、真の〔起り〕は駒井助右衛門だし、さらに、その上に黒い影がいるのやも知れぬ。

そして武蔵屋政五郎の耳へは、おそらく駒井の名は入っていないだろう。

何事にも大きな金がうごいて、事を運んでいるのであった。

「よくわかりました。清助殿、いまは、あのときのことを忘れてしまいなさい。といっても忘れきれるものではあるまいが、藤枝梅安がついているかぎり、心配はいりませぬよ」

落ちつきはらった梅安の言葉に、すがりつくような眼の色になって、清助が、

「ありがとう存じます、梅安さん。この通りでございます、この通り」

両手を合わせて、梅安を拝むようにした。

「もしやすると、その駒井という人は、あなたに脅《おど》しをかけた、とも考えられる」

「本当でしょうか？」

「このような秘密を、あなたが他へ洩らすことはないと信じきっている、とも考えられます」

「でも、私はいま、梅安さんに打ちあけてしまいました」

そうだ。そのことなのだ。秘密をたもつことは実にむずかしい。

清助を安心させるため、心にもないことをいった梅安だが、現に片山清助の一命は仕掛人にねらわれているのだ。

七

或日、泊りがけで片山清助宅へ来た藤枝梅安は、清助が熟睡したのをたしかめてから、と

なりの部屋で彦次郎と密談をかわした。

日毎にあたたかくなって、いまは火鉢も要《い》らなくなっていた。

梅安は、清助が打ちあけたことを余すことなく彦次郎へ告げ、

「何とおもうね？」

「おれも梅安さんの意見と同じだ。武蔵屋は、その駒井なんとやらを知ってはいねえとおもいますよ」

「そこで、彦さん。たのみがある」

「お前さんが毒を盛れというなら、断わりませんぜ」

「うふ、ふ、ふ……」

「何をやれといいなさるえ？」

「上野の不忍弁天にある美濃清を探ってもらいたい」

「………」

「そして、駒井助右衛門の屋敷は、和泉橋《いずみばし》通りの御徒町《おかちまち》にある」

「梅安さん。殺《や》るつもりだね？」

「どうおもう？」

「わるくねえとおもいますよ」

「品川台町のほうは、もう少しで片がつく。そうしたら患者をやすませておいて、私が此処

へ泊りこむから、その間に彦さん、たのむ」

「ようござんす」

「おそらく、清助殿が病気で寝ついていることは、武蔵屋の耳へも入っているにちがいない」

「音羽の元締に断わられたあと、これぞとおもう仕掛人が見つからねえのかも知れねえ」

「ふむ……」

翌々日の朝に、梅安は品川台町へ帰り、三日後に清助宅へもどって泊り込んだ。

入れかわりに彦次郎が出て行き、二日、三日と帰って来ない。

すでに梅は散り、桜の蕾《つぼみ》がふくらみはじめた。

片山清助は日毎に回復し、秘密を梅安に打ちあけてしまった所為《せい》か、胸の底の憂悶《ゆうもん》がはれたらしく、夜も、よく眠るし食欲も出て、妻と娘をよろこばせた。

清助は家の中を歩きまわり、京都への旅の足ならしをはじめた。

二人の奉公人には、まだ何も聞かせていない。番頭の市五郎は京都へ連れて行くつもりだし、小僧のほうは、知り合いの薬種屋へ奉公先を世話するつもりの片山清助であった。

ところで……。

その後、鶉ノ森の伊三蔵はどうしたろう。

武蔵屋政五郎と会った、その日の夜になって大千住の草加屋へもどって来た伊三蔵は、急

な商用ができたので、

「尾張の、名古屋の御城下へ行くことになりました」

主人の五助へ告げ、翌朝早く、旅姿で出て行った。

同じ日の昼下りに、藤七が武蔵屋へ呼ばれた。

「これから、おれと鵜ノ森の人との連絡《つなぎ》をしてもらわなくてはならねえ」

政五郎にいわれて、

「それじゃあ、旦那。伊三蔵さんは例の一件を引き受けたので？」

「うむ。やってくれるそうだ」

「それは何よりでございました」

といったが、藤七は仕掛けの的が啓養堂・片山清助だとは知らぬし、また、それは藤七にとって、どうでもよいことなのだ。

「鵜ノ森の人は、居所《いどころ》を変えたよ」

「旅へ出たので？」

「いいや、江戸にいる」

「何処に？」

「それは間もなく、おれのところへ知らせが入るだろうよ。爺つぁん。今度は骨を折らせたな。少ないが、これで旨いものでも食べておくれ」

「あ、こんなに……」

「ま、取っておきねえ。これからも、いろいろと骨を折らせるつもりなのだから、遠慮をするにはおよばねえということさ」

「頂戴いたします。ありがとう存じます」

「もうすぐに花見だのう」

「早いものでございますねえ」

「今日は、ちょっと冷える」

朝から、空は鉛色《なまりいろ》の重苦しい雲におおわれていた。

武蔵屋政五郎は女中を呼び、炬燵《こたつ》の仕度を命じた。

藤枝梅安が四日ぶりに品川台町の家へ帰って来たのは、ちょうど、そのころであった。

おせき婆さんは、朝来て掃除をすませ、家へ帰ったらしい。

表の戸は締っていた。

梅安は裏へまわり、戸の下へ細工してある鍵代《かぎが》わりの桟《さん》を外《はず》し、家の中へ入った。

そのとき、稲妻《いなずま》が光った。

梅安は着物をぬぎ、下帯一つになって台所へ行った。

竃《かまど》に火を起し、湯を沸かしにかかったとき、遠くで雷《かみなり》が鳴った。

「春だというのに、嫌《いや》なやつがあばれている……」

梅安が、つぶやいた。

子供のときから、梅安は雷が嫌いであった。

そのとき、編笠をかぶった浪人がひとり、雉子《きじ》の宮《みや》の境内へ入って来た。

三浦十蔵である。

三浦は、あれから数度、このあたりへ足を運んでいるが、いずれも梅安が片山家へ行っていたので、

(今日も、いなかった……)

むなしく引きあげている。

だが、近くの白金猿町《しろかねさるまち》に住みついている太兵衛お杉の報告によると、梅安はまさに江戸にいて、患者の治療をおこなっているのだ。

「梅安が帰って来ています」

と、太兵衛が笹屋伊八へ告げると、伊八は三浦十蔵へ知らせる。

十蔵が翌日に出かけて行くと、もう梅安はいない。何しろ一日置き、三日置きに行ったり来たりしているのだから、かけちがって、なかなかにうまく行かぬ。

十蔵は、

(患者がいるときには、仕掛けたくない)

と、考えている。

これは仕掛人として、当然のことだろうし、また、十蔵は少しも焦っていなかった。

今日は「梅安がいる」と知らせを受けて来たのではなかった。

(もしや、今日は帰っているのでは?)

そのような勘がはたらいて、ぶらりと出かけて来たのは、今日で三度目だ。

雉子の宮の境内から下り、梅安宅の前の道を通りぬけるだけで、いるかいないかがわかる。いるときは治療を待つ患者の声がするからだ。

そうしたとき、三浦十蔵はおもいきりよく、家の内を窺う素《そ》ぶりも見せずに通り過ぎてしまう。

今日も、同じように梅安宅の前へさしかかると、何やら物音がした。

家の内では梅安が台所から居間へ入り、雨戸を開けていた、その音が十蔵の耳へ入ったのだ。

十蔵は素早く身を引き、木蔭へ隠れた。

下帯一つの藤枝梅安が雨戸を開けはなつ姿が、ちらりと見えた。

また、稲妻が疾《はし》った。

三浦十蔵は、大刀の鯉口《こいぐち》を切り、編笠の紐《ひも》をほどいた。

春雷

一

近くの空で雷《かみなり》が鳴りわたったとき、三浦十蔵は右手の編笠を落した。落した手が、そろりと大刀の柄《つか》へかかる。

ぽつり、ぽつりと雨が落ちてきた。

三浦は、あたりを見まわして人影が無いのをたしかめるや、しずかに、ゆっくりと大刀を抜きはらった。

このとき、藤枝梅安は下帯一つの裸身へ浴衣《ゆかた》を重ねた普段着《ふだんぎ》を羽織り、帯もしめぬまま、風を入れるために開けはなしておいた障子を閉めようとしている。

雨戸の一部は、開けはなしたままになっていた。

三浦十蔵が道へ出て、大きく息を吸い込んだ。

吸った息を吐かず、一瞬もためらうことなく、三浦は梅安宅の垣根を飛びこえ、居間へ向って走り寄った。

いつであったか、三浦は笹屋伊八に、

「拙者の仕掛けは小細工《こざいく》をせぬ。いきなり殺《や》る」

といったが、まさに、そのとおりであった。

庭の何処《どこ》かで、猫の鳴き声がした。その猫を見ようとして、障子から顔を出した藤枝梅安が、はっとなった。

襲いかかって来た三浦に気づいたのだ。

梅安が、さっと身を引くのと同時に、三浦十蔵の一刀が風を巻いて突き込まれた。

その切先《きっさき》は、梅安の普段着の脇のあたりを切り裂いた。

物もいわずに三浦が、庭から居間へ飛び込み、後手《うしろで》に障子を閉めた。

三浦の面上《めんじょう》へ、湯呑茶碗《ゆのみぢゃわん》が飛んで来た。

くびを振って茶碗を躱《かわ》した三浦が、にやりと笑った。

雨が叩《たた》いてきた。

梅安は治療室へ逃げようとして、中腰になっていたが、そのまま、うごかなかった。

われからうごけば隙《すき》が生《しょう》じる。わずかな隙であっても、この浪人刺客は見逃すまい。

二人は、睨《にら》み合った。

三浦も襲ってみて、

(なるほど。こやつは手強《てごわ》い)

さとったらしいが、いまこそ、絶好の機会でなくして何であろう。

吸い込んでいた息を吐き、三浦十蔵が一歩、横へ身を移した途端《とたん》に、梅安が仰向けに倒れ、はずみをつけて一回転すると治療室へ転げ込んだ。

これを追った三浦の一刀は、空間に翻《ひるが》えった梅安の着物の裾を、ばさっと切りはらった。

起きあがりかけた梅安の真向《まっこう》へ、三浦は大刀を打ち込んだが……同時に、梅安は横ざまに身を投げつつ、治療室の、いつもは患者が横たわる場所に敷いてあった薄縁《うすべり》の端をつかんで引っ張った。

その薄縁の上へ踏み込んで来た三浦十蔵は、

「あ……」

おぼえず、足許が薄縁に引っ張られ、打ち込んだ一刀の切先も乱れて、梅安の躰へは届かなかった。

「うぬ!!」

次の間へ、泳ぐように飛び込んだ梅安の背中へ、三浦は片手なぐりの一刀を送り込んだ。

この切先は、梅安の左の股《もも》を浅く斬った。

帯をしめていない梅安ゆえ、着物がひろがってしまい、身うごきは不自由をきわめていたわけだが、一方、三浦のほうも、まるで蝙蝠《こうもり》の翼《つばさ》のようになった梅安の着物にねらいを狂わされたことも事実だ。

しかし、次の間から再び居間へ逃げ込んだとき、梅安は、

(殺《や》られる……)

覚悟をした。

何しろ、さすがの梅安も反撃の余地がないほどに、相手の追撃は激しく、速かったのだ。

梅安は、居間の火鉢から火箸《ひばし》をつかみ取った。

その一瞬にも、背後から襲いかかる三浦の一刀に、頭か、頸《くび》か、背中を切り割られるものと感じた。

だが……。

火箸をつかみつつ、さらに頭から一回転した梅安の躰に、恐るべき相手の刃《やいば》は襲いかからなかった。

藤枝梅安は片膝を立てて振り向いた。火箸を三浦浪人の顔へ投げつけようとしたのだ。

「あ……」

いつの間にか、庭先から居間へ飛び込んで来た別の浪人が、梅安に背を向け、これは脇差を抜きはなち、次の間にいる三浦と対峙《たいじ》しているではないか。

後姿でも、梅安が、この浪人を見誤《みあやま》るはずはない。

浪人は、旅姿の小杉十五郎であった。

三浦は十五郎に、つけ込むことができない。

「むう……」

唸《うな》り声《ごえ》を発して、一歩二歩と後退した三浦十蔵へ、飛び起きた梅安が、身を横へ移しざまに手の火箸を投げつけた。

「あっ……」

火箸は見事に、三浦の顔へ命中した。

さすがの三浦も、十五郎と睨み合っていたので躱《かわ》しきれなかった。

小杉十五郎が、よろめいた三浦を見逃すはずはない。

間《かん》、髪《はつ》を入れずに躍りかかって、三浦へ切りつけた。

三浦は身を反《そ》らせ、これを避けんとして避けきれなかった。

十五郎の脇差は、三浦の顎《あご》を切り裂いた。これが大刀だったら、三浦の一命はなかったろう。

「うっ……」

今度は三浦が、台所へ逃げた。

十五郎が追った。

三浦は台所の戸へ体当りして、外《はず》れた戸と共に外へ転げ出た。

小杉十五郎は脇差を捨て、大刀を引き抜き、これを追った。

顔中を血まみれにして、三浦十蔵は雨の中を必死で逃げた。

小杉十五郎は、あえてこれを追わず、大刀を鞘《さや》におさめつつ、あたりに目を配《くば》った。

あたりに人影はない。

何といっても、この家にいるときの藤枝梅安は鍼《はり》医者そのものなのだ。そのことを十五郎は、よくわきまえている。

(寄り道をせずに、まっすぐ此処《ここ》へ来てよかった……)

十五郎は、深いためいきを吐《は》いた。

家の中から出て来た梅安が、

「小杉さん。また、あなたに助けていただいた」

「何の……」

「もう少し、生きていなくてはならなくなったので、ね」

「梅安どの。何か事が起ったのか？」

「そんなところです。ときに、倉《くら》ヶ野《の》の御病人は？」

「すっかり癒《なお》りましたが、久しぶりに会ったものだから、引きとめられるまま、長く滞留してしまった……もっと早く、帰って来るべきでしたな」

梅安は黙って笑ったが、いまこのとき、十五郎がもどって来てくれたのは、まさに心強いことであった。

片山清助の身を護《まも》ってもらえることだけでも、十五郎ならば百人力《ひゃくにんりき》を得たおもいがする。

「梅安どの。彦さんは?」

「何とか、生きていますよ」

二

笹屋伊八の背中へ貼りついたようにして、おしまが寝息《ねいき》をたてている。

伊八は、今夜も寝つけなかった。

三浦十蔵が小杉十五郎の出現によって、梅安暗殺に失敗してから六日後の夜更けである。

(わからねえ。どうも、わからねえ)

仕掛人の石墨《いしずみ》の半五郎からの連絡が、ぷつりと絶えてしまった。

半五郎との連絡場所になっている三ノ輪町の質屋へ問い合わせたり、半五郎が来たら、すぐに顔を見せるようにつたえてくれと、何度もたのんであるが、梨《なし》の礫《つぶて》であった。

そして……。

笹屋に滞留していた浪人・三浦十蔵は、六日前に出て行ったきり、帰って来ない。

たまりかねて昨日、笹屋伊八は品川台町の梅安宅の様子を探《さぐ》りに行って見た。

家の戸は閉まっていて、患者の出入りもない。

そこで、近くの白金猿町の小間物屋の二階に住まわせてある配下の太兵衛・お杉のところへ行き、問い合わせてみると、

「それは知りませんでした。さっそく、探ってみましょう」

そういった太兵衛が、今日の昼すぎに笹屋へ来て、

「梅安は昨日の朝、何処かへ行ったようでござんす」

「昨日……」

「へい。何でも、浪人と二人連れで出かけたとか……」

「浪人……まさか、三浦十蔵では？」

「いえ、そんな……このあたりの連中は、ずっと以前にも、その浪人者が梅安のところにいたのを見かけていたといいますから」

「ふうん……」

「こいつは、いったい、どうしたことなんでござんしょう？」

「わからねえ」

「昨日うかがいましたが、半五郎さんから連絡《つなぎ》がないそうで」

「そうなのだ。まさか、二人とも梅安に殺《や》られてしまったのではあるまいな」

「そんな気配は、まったくなかったようです。何しろ、このところ、梅安のやつは家にいたり、いなかったり、つかみどころがないのでござんす。いっそ、私が病人に化けて、探ってみようかとも……」

「ふむ」

笹屋伊八の眼が、きらりと光った。

「それも、わるくない」

「いかがでしょう？」

「やれるか？　少しでも気取《けど》られたら、おしまいだぞ」

伊八は、病人に化けて梅安を襲うはずだった鵜《う》ノ森《もり》の伊三蔵の消息を、その後、耳にしていない。

伊三蔵が失敗したことを知らぬ伊八であった。

伊三蔵が仕掛けをする前に、突如、梅安が乗り込んで来て、白子屋を殺してしまった、と、おもい込んでいたし、石墨の半五郎は、仕掛けの方法について、伊八に何も打ちあけなかった。

ゆえに伊八は、患者に化けて梅安を殺すという仕掛けの方法を、いまでも、

（白子屋の元締でなくては考えつかぬことだ。だが、それを仕てのける仕掛人は、よほどの男でないと……）

そうおもっている。

太兵衛は仕掛人ではないから、梅安を襲うことはできないが、探りをかけることなら、やってやれぬことはあるまい。

しばらく考えていた笹屋伊八が、

「よし、やってみよう。だが、病人に化けるのはお前ではなく、お杉のほうがいい」

「なるほど。ちょうどようござんす。いま女房のやつ、足が痛いといっていますんで」

「そうか。そいつは何よりだ」

そこで、お杉を加えた三人が打ち合わせをして、梅安が帰宅したら、すぐに、お杉が治療に出向くことになった。

笹屋伊八は大木戸《おおきど》へ出て、駕籠《かご》を拾って帰った。

駕籠に揺られながら、

（そうだ。あのとき、白子屋の元締が鵜ノ森の伊三蔵に仕掛けさせようとなすった、患者に化けて梅安を殺《や》るという妙案《みょうあん》は、たしかにむずかしい。死んだ元締がこれと見込んだ仕掛人でなくてはできねえかも知れねえが……だが、今度、石墨の半五郎が来たら、はなしてみよう。あいつは嫌《いや》なやつだが、それだけに隙を見せねえから、存外《ぞんがい》、うまく行くかも知れね

え）

おもいついた伊八だが、その半五郎が、すでにあの世へ行ってしまったことは知っていない。

そのころ、千住の笹屋に近い茶店で、おしまと勝平が会っていた。

「うちにいた三浦という浪人が、六日ほど前に出て行ったきり、帰って来ないんですよ」

と、おしまが、

「伊八も、このところ、なんだか苛《い》ら苛らしています」

「その浪人は、大坂から来た仕掛人らしいと、この前に聞いたが……」

「伊八は何もいいませんが、私は、そうだとおもいます」

「ともかくも音羽の元締へは、つたえておこうよ」

「梅安先生の身に変りはないのでしょうね？」

「ない、と、おもう。元締も気にしていなさるのだが、このところ、なかなか梅安先生の居《い》所《どころ》がつかめない。私も梅安さんの家を見に行くが、今日はいたかとおもうと、すぐに何処かへ行ってしまう。元締のところへも顔を見せないそうだよ」

「困りましたねえ」

二人が会うのは、だれに見られてもおかしくない。

笹屋伊八が見ても、疑惑を抱かないであろう。

三

「あ、ちょっと、ちょっと……」

夕暮れの路上で、与吉《よきち》を呼びとめたのは柔和《にゅうわ》な顔つきの小ぎれいな身なりをした老爺《ろうや》である。

与吉は、薬種屋・啓養堂の小僧で、今年で十四歳になる。

前にも二、三度、与吉は、この老爺に声をかけられた。

「お前さんは啓養堂さんの小僧さんですね？」

「はい」

「旦那は、お達者ですか？」

「いま、ぐあいが悪くて寝ています」

「おや、それはいけませんね」

「あの、どちらさまでしょうか？」

「この近くの者ですよ。では、どうか、お大事に、ね」

と、言葉づかいも小僧の自分に対して丁寧《ていねい》なので、与吉は老爺に好感を抱いた。

別に、根掘り葉掘り尋《き》くわけでもなし、与吉は警戒もせず、

（うちの旦那の知り合いなんだろう）

そうおもっていたし、はじめのときは店へ帰って、片山清助の妻お芳に報告をしたが、お芳も気にとめなかった。何となれば、夫・清助の苦悩の実体を知らないからだ。ゆえに、このことを清助に告げることすら忘れてしまっていた。

この日も、老爺の問いかけぶりに変りはなかった。

「旦那は、だいぶ、よくなりました」

与吉が告げると、老爺はにっこりとして、

「それは何より。くれぐれも、お大事に」

すぐに去って行った。

与吉は店へもどり、何気《なにげ》もなく、お芳に、このことを告げた。

「まあ。この前のお年寄りが、そんなに心配をして下すったのかえ」

「はい」

「ありがたいことだが、いったい何処の方なのだろう？」

「さあ……」

この会話を、ちょうど、台所のとなりの茶の間にいた藤枝梅安が耳にした。

梅安は、昨日から小杉十五郎と共に、片山家へ来ていた。

十五郎は二階にいる。彦次郎は昼前に出て行ったきり、まだ帰って来ない。

「あ、与吉どん。ちょっと此処へ来ておくれ」

「はい。お使いですか?」

「いや、そうではないが、ちょっと……」

与吉が入って来た。

「与吉どん。そのお爺《じい》さんは、どんな恰好《かっこう》をしていたね?」

梅安は、老爺の顔かたちを与吉から聞き取り、

「わかった。もう、いいよ」

与吉が出て行ったあと、梅安は凝《じっ》と考え込んだ。

はっきりとはわからないが、

(もしやして、武蔵屋政五郎の手の者ではあるまいか?)

と、おもったのだ。

まさに、そのとおり、老爺は鼠《ねずみ》の藤七であったが、梅安は藤七を見たこともなかった。

台所ではたらいていたお芳が、茶の間へ顔をのぞかせ、

「あの、与吉が何か?」

「いや、何でもありません」

「さようでございますか……」

「あの子は、いい小僧さんだ」

「できることなら、一緒に京へ連れて行きたいのでございますが……」

「京へ移ることを、はなしてあるのですか？」

「与吉に？」

「さよう」

「いえ、まだ……」

「それがよい。江戸を発《た》つまでは黙っていたほうがよろしい」

「はい」

「番頭の市五郎さんには？」

「これには、つたえてありますが、いまのところは内緒《ないしょ》にと申してあります」

「それがよい。もう一度、念を入れておいたがよろしい」

「それは、何か？」

「別に……なれど、啓養堂のような薬種屋ともなれば、これが他へ洩れると、おのずから医者たちの耳へも入り、引きとめにかかる人も出て来ようし、何かと面倒になります」

「はい。主人《あるじ》も、そのように申しましたので、市五郎へは堅《かた》く口どめをいたしてございます」

「わかりました。それならば安心」

そこへ、彦次郎が帰って来た。

「お帰りなさいまし。梅安先生はお茶の間にいらっしゃいます」

「あったかくなりましたね。桜花《はな》が咲きかけています」

お芳と、娘のお幸《こう》へ挨拶をした彦次郎が茶の間へ入って来た。

そして梅安を見るや、笑いかけつつ、うなずいて見せた。

うなずき返した梅安が、

「御苦労。はなしは後で、ゆっくりと聞こう」

「ええ。ちょっと二階へ行って着替えて来ますよ。埃《ほこり》がひどくなってきたねえ、梅安さん」

「だから私は、春の風というやつが嫌《きら》いなのだ」

夜に入って、さらに、風が強くなった。

当時の道路は、アスファルトに鎧《よろ》われた現代の舗道ではない。雨が降ればぬかるみ、風が吹けば土埃《つちぼこり》を巻きあげる。

こうした夜は、なまあたたかい春の夜でも、路上に人影は絶えてしまう。

南日本橋の松屋町といえば、いまの中央区八丁堀の内で、片山清助宅の近くには町奉行所の組屋敷があり、与力《よりき》・同心《どうしん》が居住していた。

その組屋敷の方向から人影が一つ、提灯《ちょうちん》を手に松屋町へ入り、啓養堂と道をへだてた額彫《がくぼり》師《し》・大崎多七方の軒下に佇《たたず》んだ。

鵜ノ森の伊三蔵である。

啓養堂の二階も店も、雨戸を閉ざしているが、その透間《すきま》から、わずかに灯《あか》りが洩れていた。

何処かで、按摩《あんま》の笛がきこえている。

伊三蔵は、かなり長い間、軒下からうごかなかった。

つい先刻、武蔵屋で、鼠の藤七から聞いたはなしによると、片山清助の病気は、ほとんど癒りかけているらしい。

癒れば、外へ出て来るにちがいない。

はっきりとはわからぬが、藤七が探り出したところによると、片山家には、奉公人のほかに一人か二人、男がいるらしい。

戸締りも厳重のようだし、いま、こちらから踏み込んで行くのは、伊三蔵もためらっている。

それというのも、いま一つ、仕掛けの肚《はら》が決まらないからだ。

藤枝梅安を殺す仕掛けの方法を、先ず片山清助殺しに試《ため》してみるか、それとも別の方法にするか、伊三蔵は迷っている。

試すことはわけもない。相手が梅安ではないのだから、きっと成功するにちがいない。

しかし、あれだけの苦心の末におもいついた仕掛けゆえ、片山清助につかってしまうのは惜しいような気がする。そうなれば、同じ方法を二度目につかって梅安に用《もち》いることになる。

自信はつくだろうが、初めての緊迫感がなくなってしまう……ような気がして、それは、

(梅安を殺《や》るときに、却《かえ》ってよくないかも知れねえ)

とも、おもう。

その仕掛けの準備を、少しずつ、伊三蔵はととのえつつあった。

按摩の笛が近づいて来た。

むろんのことに、藤枝梅安が片山家の二階にいるとは、考えてもみない伊三蔵であった。

いずれにせよ、このあたりは奉行所の組屋敷が近いことだし、むりはできなかった。

(清助の病気が、癒ってからのことにしよう)

伊三蔵は、軒下をはなれた。

風が、いつの間にか熄《や》んでいる。

月もない路上の暗闇で、按摩とすれちがった鵜ノ森の伊三蔵は、道を突切り、楓川《かえでがわ》の岸辺へ出た。

伊三蔵は灰色の布で頬《ほお》かぶりをしている。

弾正橋《だんじょうばし》を西へわたりながら、

(梅安め、もう少し生かしておいてやるが、いまに見ていろよ)

伊三蔵の胸が、自信と殺気にふくれあがってきた。

四

お杉が、翌々日の朝に、昨日と同じように雑子《きじ》の宮《みや》へ参詣《さんけい》して、藤枝梅安宅の様子を窺《うかが》うと、

（いた……）

まさしく梅安家の雨戸が開けはなたれてい、患者が一人、二人と入って行くではないか。

肝《きも》がふとい……というよりも、梅安をよく知らぬお杉は、いわゆる怖《こわ》いもの知らずというやつで、ためらいもなく梅安宅へ向った。

おせき婆さんがいて、

「お前さん。はじめてですね？」

「さようでございます。札《ふだ》の辻《つじ》からまいりました」

「それはそれは……」

「こちらの先生の評判は、大したものでございますね」

「まあ、ねえ……」

おせきは、得意顔で、お杉を治療室の手前の一間へ案内した。男の患者が二人、其処《そこ》に待っていて、いま梅安は一人の患者の治療をしているらしい。

「だいぶ、よくなったようだ」

とか、

「酒をつつしめよ」

とか、患者にいう梅安の声が障子の向うからきこえてくる。

間もなく、治療を終えた患者が出て来た。

そのうしろへ姿を見せた藤枝梅安が、

「つぎは仙吉さんか。さ、お入り」

こういって、ちらりとお杉を見やった。

その眼の光りに、何ともいえぬ威圧感があって、お杉は胃のあたりが痛くなった。

「これ、そこの、女の人」

「は、はい」

「お前さんは、はじめてだね？」

「さようでございます」

「ふうむ……」

患者を治療室へ入れておいて、尚も梅安はお杉を見つめている。

お杉は、自分の胸の底の底まで見通されるようなおもいがして、いっそ、このまま帰ってしまいたくなった。

梅安の異相と巨体は、小柄な四十女のお杉を圧倒するに充分であった。

お杉の膝のあたりが、微《かす》かにふるえてきはじめた。

治療室の障子が閉まって、梅安の姿を消した。

(こ、こいつは、うっかりできない)

お杉は浮きあがりかける腰を、必死で落ちつかせた。

それから自分の番になるまで、どれほどの時間《とき》がたったのか、お杉にはおぼえがなかった。

患者が治療を終えて出て来た。

つぎの患者が腰をあげた。そのつぎが、お杉の番ということになる。

「あ、庄兵衛さん。ちょっと待っていておくれ」

と、梅安の声がしたので、庄兵衛とよばれた老爺は、あげかけた腰をおろした。

すると、梅安の姿は見えぬままに、障子が閉まった。

お杉の動悸《どうき》が激しくなっている。

(まさかに、気取られるはずはない。ないのだから、落ちつかなくてはいけない。私は何も梅安を殺しに来たのじゃないのだから、少しもビクつくことはないのだ)

自分で自分に言い聞かせると、お杉は居直った気持ちになり、庄兵衛爺さんに、

「あなたは、どこがいけないんですか？」

問いかけたりした。

「へえ。わしはね、肝ノ臓をやられちまったが、ここの先生のおかげで、いまは、ずいぶんとよくなってね。へえ、もう、何といっても、年寄りの大酒はいけねえ。いまは、ふっつりとやめましたよ」

そのとき、梅安の声がした。

「庄兵衛さん。お入り」

「へえ」

庄兵衛が、治療室へ入って行ったが、その前に台所のほうで何やら物音がして、だれかが外へ出て行ったようだ。

お杉は、おせき婆さんが出て行ったとおもい、気にもとめなかった。

また一人、患者が入って来て、お杉のとなりへ坐った。

おせきが出て来て、

「おや、早いね」

と、いったので、先刻の台所から出て行ったのは、おせきではないと、お杉にもわかったが、気にかけなかった。

庄兵衛の治療が終って、

「そこの女の人、お入り」

梅安の声が、やさしくきこえた。

「はい。では、ごめん下さいまし」

お杉は、となりの患者に挨拶をして、治療室へ入った。

梅安が、お杉に笑いかけている。これが先刻の梅安と同じ男かと思うほど、その微笑は無邪気なもので、お杉が痛みをうったえると、

「よし、よし。ここか？　このあたりかな？」

指で、お杉の左脚から腿《もも》のあたりをさぐりつつ、

「なるほど、悪い」

「ひどく、痛むのでございます」

「うむ。ズキンズキンという痛みではなく、シクシクと、何ともいえぬ嫌な痛みだな。ちがうかね？」

「いえ、そのとおりなんでございます」

「さ、帯を解《と》いて俯《うつぶ》せになって下さい」

「はい」

梅安は、鍼の治療にかかった。

お杉の場合は、ほんとうに痛いのだから、治療を受けるのが少しも不自然ではない。

「お前さんの名前は？」

「お杉と申します」

「明日、また、いまごろに来られるかな？」

「はい。まいりますでございます」

「私は明後日から留守にする。用事があって、本所の中ノ郷《なかごう》にある長寿寺《ちょうじゅじ》という寺へ泊りがけで行くことになっているから、さよう、三日ほどは留守ということじゃ、よろしいか、その後にまた、まいられたがよい」

「はい、はい」

「この痛みは、躰を支えている腰が悪くなっているのだ」

「でも、痛いのは足のほうなので……」

「腰が癒れば、たちどころに足の痛みは消える」

「まあ、さようでございますか」

お杉は、探りに来ていることを忘れかけていた。

治療を終えて立ちあがると、左足の痛みが嘘のように消えていたのだ。

「だが、また痛みはじめるから安心をしてはいけない。さして重くはないようだから、何度か通ううちにはよくなりましょうよ」

「はい。かたじけのう存じます」

「治療代は癒ってからでよろしい」

「まあ……」

「お大事に、な」

ともかくも、明後日は、梅安が本所の長寿寺へ泊りがけで行くこと。そして四日後には再び帰って来ることを突きとめただけでも、上出来といわねばならない。

いそいそと、お杉は帰途についた。

五

お杉は、後を尾《つ》けられていた。

尾けたのは、彦次郎であった。

前夜から、彦次郎は梅安宅に泊っていたのだ。

梅安が治療中に、彦次郎は居間にいた。

小杉十五郎は、片山清助の身辺《しんぺん》を片時《かたとき》もはなれぬ。これで、梅安と彦次郎はおもうさま、うごけるようになった。

患者の庄兵衛の番になったとき、梅安は、

「ちょっと待っていておくれ」

そういっておいて、居間の彦次郎を小声で呼び寄せ、

「庄兵衛さんのつぎに四十がらみの女の患者を診《み》る。まさかとはおもうが、はじめての患者だし、見たところ、いささか腑《ふ》に落ちぬところもある。一応、後を尾けてみてくれ。いまは少しの油断もできぬ」

「合点《がってん》だ」

すぐに彦次郎は台所から出て行き、雉子の宮の木蔭に隠れ、治療を終えて出て来るお杉を待ち受けていた。

そして彦次郎は、お杉が白金猿町の小間物屋へ入って行くのを見とどけた。見とどけて、引き返そうとしたとき、太兵衛とお杉が裏口から出て来た。二人は、あわただしげに何やらささやき合い、太兵衛は急ぎ足で歩きはじめた。

(はて？　こいつはおかしい)

彦次郎の勘《かん》ばたらきに狂いはない。

彦次郎は身をひるがえし、近くの下駄屋の金蔵の家へ走った。

梅安の古い患者である金蔵は、彦次郎の顔を知っている。

「おや、彦次郎さん」

「金蔵さん。梅安先生に、つたえてくれないか。私の帰りが遅くなると、ね」

「それだけでいいのかね？」

「それでわかる。たのみましたよ」

「よし、わかった」

彦次郎が、猿町の角を右へ曲がったとき、有馬家の中屋敷の角を左へ曲がった大兵衛の姿が、ちらりと目に入った。

大兵衛は、高輪台町《たかなわだいまち》で通りかかった駕籠を拾った。

これで、彦次郎の尾行がしやすくなった。

彦次郎が梅安宅へ帰って来たのは、日が暮れてからである。

「お帰り」

「下駄屋の金蔵さんから……」

「あ、聞いた。彦さん、私の勘が当ったらしいね」

「大当り」

彦次郎は白金猿町の小間物屋へ入ったお杉と、大兵衛について語り、

「その男ね、梅安さん。千住大橋の南詰にある小さな船宿へ駆けつけましたよ」

「船宿、な……」

「笹屋というのだが、そこの主人《あるじ》を、だれだとおもいなさるえ?」

「ふうむ……彦さん、ひとつ当ててみようか」

「ええ、おやんなさい」

梅安は両眼を閉じ、しばらく黙っていたが、

「その船宿のあるじというのは……山城屋伊八ではないか?」

「恐れ入った。さすがだねえ、梅安さん」

「そうか、伊八は、そんなところにいたのか……」

太兵衛は笹屋へ入って行き、間もなく出て来た。太兵衛を送って外へあらわれ、尚も、低い声で指令をあたえた笹屋伊八を、物蔭から彦次郎は見とどけた。

「猿町の小間物屋にいる、あれは夫婦者らしいが、伊八の手先だね」

「そうだろう。明日、ちょいと探ってみてくれぬか。あの小間物屋は古くから住みついている人だから、おそらく二階を借り、こちらのうごきに気をつけているのだろうよ」

「それはさておき、お前さんは明後日、中ノ郷の長寿寺へ行きなさると、あの女にいいなすったね」

「いった」

「行きなさるのかえ?」

「いま、思案《しあん》をしているところだ」

「行くのなら、一緒に行きますぜ」

「そうだな……だが、彦さん。いまは白子屋のほうへ目を向けているときではないとおもう」

「ですが、白子屋の一味は、お前さんの命をねらっている。もう二人も手足《てだり》の仕掛人が飛び込んで来たのだからね」

「そうだ。危いところだった……」

「だから、こっちのほうも油断はならねえ。こうなったら伊八の野郎を殺《や》ってしまってもいいじゃありませんか」

「伊八を殺っても、仕掛料は出ない。このところ、彦さんには徒《ただ》ばたらきばかりさせているね」

「徒ばたらきの味も、おぼえるとやめられねえ」

「ふ、ふふ……」

「明日、あの女は治療に来るだろうかね？」

「来るだろうよ」

「もう一度、からかってみるのもおもしろいねえ、梅安さん」

「彦さん。何か食べよう」

「まだ？」

「お前さんが帰るのを待っていたのだ。おせき婆さんが何か買っておいたらしい。見て来てごらん」

「よしきた」

そのころ、小杉十五郎は、片山清助の病間の、となりの一間で墨《すみ》を磨《す》っていた。

すでに、十五郎のまわりには、何やら書きしたためた半紙が何十枚もあって、机の上には手紙のようなものが置いてあり、何やら、これを手本にして文字を書いていたように見える。

片山家では、すでに夕餉《ゆうげ》を終え、清助はよく眠っている。

このごろの清助は、藤枝梅安に秘密と苦悩の実体を打ちあけたこともあったかして、眠りも深くなり、怯《おび》えることもなくなったようである。

そのかわりに、また躰の痛みがもどってきた。

「これが病気の峠というものです。一度二度と痛みが振《ぶ》り返してきて、これが終ると、すっかり癒ります。おもったより長引きましたが、もう少しの辛抱《しんぼう》ですよ」

梅安は清助に、そういってある。

墨を磨り終えた小杉十五郎は、机上の手紙を取って眼に近づけ、凝《じっ》と見つめた。

それから、自分が文字を書いた半紙を引き寄せ、一枚、二枚……十枚、十五枚と見る。

さらに、机上の手紙と見くらべる。

かなり長い時間《とき》をかけて、慎重に同じことを繰り返す。

それから筆を手にして、半紙に文字を書きはじめた。

書きながら、手紙を見る。

見ながら、書く。

飽《あ》くこともなく、小杉十五郎は、この作業を繰り返して倦《う》まなかった。

六

太兵衛からの知らせを受けた笹屋伊八は、居ても立ってもいられなくなってきた。

(明後日《あさって》、梅安の野郎が中ノ郷の長寿寺という寺へ出かけて泊る……こいつは、たしかなことだ)

伊八は、治療におもむいたお杉の様子を太兵衛から聞き取ったが、梅安にうたがわれた様子はないと、見きわめをつけた。

何といっても、お杉は本当に足を痛めていたのだから、梅安がうたがうはずはない。

(ええ、こんなときに三浦十蔵がいてくれたら……まったく、あの浪人は何処へ行ってしまったのだろう?)

探そうにも、探しようがない。

今日、明日のうちに三浦浪人が帰って来るか、または石墨の半五郎から連絡があるかしなければ、折角の機会を逃してしまうことになるではないか。

この機会を、絶対に逃してはならぬ。

いままでは、白子屋の後継者となった切畑《きりはた》の駒吉の指令のままにうごき、これを守ってきた伊八だが、

（ええ、もう、こんなことでは、いつまでたっても亡くなった白子屋の元締が浮かばれねえ。もしやすると、半五郎も三浦も、仕掛料の半金を受け取っているのだから、梅安を仕掛けるのが面倒になり、何処かへ逃《ふ》けてしまったのかも知れねえ）

なんだか、そんな気もしてきて、

（いや、きっと、そうにちがいない）

伊八は、ジリジリしてきた。

そして、ついに、

（こうなったら、おれがやる）

その決意が、しだいにかたまりつつあった。

藤枝梅安は、白子屋菊右衛門との確執《かくしつ》が生じる前までは、白子屋の江戸における基地ともいうべき山城屋へ何度か訪れて来ていたのだから、いうまでもなく伊八を見知っている。

だから、伊八ひとりではどうにもならぬ。

伊八も、江戸にいる仕掛人を知らないわけではない。

手蔓《てづる》もないわけではない。

だが、殪《たお》す相手が相手だ。

(梅安の野郎は、たった一人で山城屋へ乗り込んで来て、白子屋の元締を仕止めたほどのやつだ)

よほどの仕掛人でないと、梅安をあの世へ送ることはむずかしい。

(仕掛人でなくとも、正面から向って退《ひ》けをとらねえほどの腕をもった男のほうが、このさい、むしろ、いいのではあるまいか)

たとえば、手練《てだれ》の剣客でもよい。いまの世の中は、金さえ積めば何でもやってのける男たちが何処にでもいるはずであった。

そのような男を見つけて、伊八が、これを蔭から助ける。

いざとなれば、

(おれも飛び出して行って、二人がかりでやっつければ、何とか梅安を殺《や》れるのではあるまいか……)

そこまで考えたとき、笹屋伊八の脳裡《のうり》に、ぱっと浮かんできた男の顔があった。

「あ……」

おもわず伊八は、声に出して腰を浮かせた。

「旦那……どうなすったんです？」

いつの間にか、おしまが酒肴を運んで部屋に入って来ている。

「う……いや、なんでもない」

「でも、何ですか、凝《じっ》と考え込んでいなさいましたよ。心配事がおあんなさるのなら、私に分けて下さいまし」

「いや、何でもない。何でもない」

「いやな旦那……」

「どうしてだ？」

「まだ、私を信用していなさらない。今日や昨日の間柄ではないはずなのに……」

いかにも寂《さび》しげにいうと、おしまは俯《うつむ》いて見せた。

「おしま……」

「あい」

すかさず、おしまは摩《す》り寄って、伊八の膝へ取りすがった。

「怒るなよ、おしま」

「だって……」

「おれが、お前をたよりにしているのは、山城屋のころからわかっているはずだ。え、そうじゃあなかったか」

「でも、心配事を打ちあけてくれないのだから、旦那は水くさいお人です」

「そうじゃねえ。そんなことはねえ」

「だって、眼を光らせたまま、何か思案をしていなさるから……」

「それは、お前……」

「それは何なのです？」

「う……」

伊八は、おしまのやわらかい肩をぐっと抱き寄せ、

「ああ……お前にあってはかなわねえ」

女の襟《えり》へ顔を埋めて、

「そうよなあ……お前は山城屋に血の雨が降った、あの日にも、おれのところにいたのだもの
な」

「そうですとも」

「おしま。お前は、あの日のさわぎを何とおもっている？」

「くやしゅうござんす」

「くやしい……？」

「白子屋の元締さんを殺したやつらが、憎くて憎くて、あのときは、夜も寝つけませんでし
た」

いいながら、おしまの両眼から、泪《なみだ》があふれてきた。

こうしたときのおしまは、自分が音羽の半右衛門の配下であることを忘れてしまってい
る。

激情と興奮のおもむくままに身をまかせ、笹屋伊八の女そのものになりきってしまう。

女の嘘は、嘘と真実の境目《さかいめ》がない。嘘に身をゆだねているうちに、嘘が真実におもえてきて、ついには何の抵抗もおぼえなくなってしまう。

言葉にも態度にも、嘘があらわれないから、男は我知らず、これを信じてしまうのだ。

「実は……実は、な……」

「あい」

「白子屋の元締を殺した鍼医者の居所がわかった。いや、明後日、その鍼医者が姿を見せる場所を突きとめたのだ」

「それじゃ何故、元締の敵《かたき》を討ってさしあげないんです」

「そうおもうか。お前も、本当にそうおもうのか？」

「あたり前です。私も、お手つだいします。どんなことでも言いつけて下さいまし」

「おしま……」

伊八は、おしまの肌身の香に酔いながら、女の着物の八《や》ツ口《くち》から腕を差し入れ、乳房をさすりつつ、

「お前、元締と一緒に殺された平尾《ひらお》源七《げんしち》という浪人を、おぼえているかえ？」

「ええ、おぼえています。あのとき、元締の身を護《まも》るために旦那が雇いなすった……」

「そうだ。その平尾さんだ。あの浪人には弟がひとりいる。知っているか？」

「平尾さんから聞いたことがあります。おれの弟の剣術は、おれなどのおよぶところではない。そういっていました」

「そうか……おしま。その弟が江戸にいるか、どうかだ」

「では、その人に鍼医者を討たせると……？」

「そうとも。兄の敵とあれば後込《しりご》みはしまい」

「あい」

「お前、平尾さんから弟の居所を聞いたことはないか？」

「さあ、それは……」

いいさして、おしまが空間《くうかん》に眼を据《す》えた。

「おしま……」

「………」

「どうした？　何か、おもいあたることでも？」

「旦那。田町の叔父さんが何か知っているかも知れません」

「何、勝平爺《とっ》つぁんが……？」

「ええ。いつだったか、田町の叔父が平尾さんを新吉原へ連れて行ったことがあるそうです」

「初耳だ」

「旦那も御存知のように、平尾さんは、あまり、色里《いろざと》には縁《えん》のないような人でしたから……」

「そういわれれば、たしかにそうだ」

「それで、平尾さんが山城屋の台所へ来て、私と冗談を言い合っていたとき、おれも一度、新吉原へ行ってみたいというものですから、本気にもしないで田町の叔父のことをはなしましたら、ぜひ、その叔父ごに引き合わせてもらいたいと……」

「そんなことがあったのか」

「あい。それで私が手紙を書き、それを持って平尾さん、叔父の家《うち》へ行ったのだそうで」

「ふむ、ふむ」

「後で叔父に聞きますと、そのときに平尾さんは叔父に身の上ばなしをしたそうですよ」

「なるほど」

「もしかすると、平尾さんは、弟さんのことを叔父にはなしていたかも知れません。私も何だか、叔父の口から耳にしたおぼえがあるような気もします」

「そうか、よし。すまねえが、おしま。これから駕籠で浅草へ行ってくれるか?」

「ようござんすとも」

「おれは別に手配《てくば》りをすることがあるから、若い者をつけてやる」

「旦那。小娘《こむすめ》じゃあるまいし、駕籠へ乗って行くのですから、ひとりで大丈夫ですよ」

「それもそうだな」

「それにしても、あの三浦さんは、何処へ行ったのでしょうねえ?」

「あいつらは、当てにならねえ」

妙に、なまあたたかい夜だ。

この夜も、遠くで春雷《しゅんらい》が鳴っていた。

伊八は、立ちあがりかけたおしまを抱き寄せ、千切れるほどに唇を吸った。

逆襲

一

おしまは、翌朝の空が白《しら》むころに、舟で笹屋へもどって来た。

待ちかねていた笹屋伊八が、

「どうだった？」

「叔父と一緒に、平尾さんの弟さんと会って来ました」

「そうか、勝平がついて行ってくれたのか。おれは、お前の帰りが遅いものだから、いま、田町の勝平爺《とっ》つぁんのところへ見に行こうとおもっていたところだ」

「相すみません。昨夜、叔父と私は、この近くを舟で通ったのですが、旦那にお知らせするのは、平尾さんの弟の居所《いどころ》をたしかめてからとおもいまして」

「何処《どこ》だ？　何処にいた？」

「巣鴨《すがも》の外《はず》れに、小さな道場をかまえておいででした」

「そんなところにか……」

「あい。ですから、舟を川口《かわぐち》のあたりへ着けて待っていてもらいました」

「そうか。それで、その……」

「平尾要之助《ようのすけ》さんのことですかえ？」

「それが、平尾源七の弟の名前か」

「そうでござんす」

「どんな男だ？」

「ちょいと、苦味《にがみ》ばしったいい男でござんす」

と、おしまが笑って、

「強そうな人ですよ」

「ほんとうか？」

「あい。兄の敵《かたき》ならば、何としても討ち取りたい。いや、討ってみせると、そういって……」

「たのもしいな。よし、そうなったら、こうしてはいられねえ。おしま、その平尾要之助のところへ案内してくれ」

「いえ、旦那。昼前には、叔父が此処《ここ》へ連れてまいります」

「何だ、勝平爺っぁんは、まだ平尾の道場にいるのか？」

「あい。叔父が平尾さんを案内して、こちらへ来るほうが手っ取り早いとおもいまして」

「む。そりゃあそうだが……」

伊八は、いささかも、おしまに疑惑をおぼえていないが、実は昨夜、勝平とおしまは音羽の半右衛門の許《もと》へ急行したのだった。

川口へ舟を着けたのは事実だ。そして帰りに、おしまだけが舟へもどり、笹屋へ帰って来たのである。

おしまの報告を受けた音羽の半右衛門は、

「よし。このことは、わしから梅安さんに知らせよう」

と、いい、おしまと綿密な打ち合わせをおこない、おしまが帰ってから、すぐに手紙を書き、手下《てした》の半田《はんだ》の亀蔵《かめぞう》に持たせ、梅安宅へ走らせることにした。おそらく亀蔵は、夜が明けると共に、駕籠《かご》を飛ばして梅安宅へ駆けつけることであろう。

音羽の半右衛門が、藤枝梅安へ届けた手紙は、およそ、つぎのようなものだ。

「梅安さんに、よけいなことをしたと叱られるのを承知で申し上げます。実は、私の手の者のおしまという女を笹屋伊八方へ忍ばせておきましたところ……」

と、これまでの経緯《けいい》をのべ、

「いずれにせよ、今日の昼ごろまでに、亡き平尾源七の弟で、巣鴨に小さな道場をかまえている要之助という剣術つかいが、勝平と申す私の手の者と一緒に、伊八の許へ出向くことになっております。なれど梅安さん。この剣術つかいは私が頭の中でこしらえた男にすぎませぬ。この男を活《い》かすもころすもお前さまの一存《いちぞん》でございます。尚、念のために申しあげますが、笹屋伊八は、お前さまも先刻《せんこく》御承知の山城屋伊八でございますよ」

手紙を読んだ梅安は、これを泊り込んでいる彦次郎へ見せ、半田の亀蔵へ、

「元締の親切には、つくづく畏《おそ》れ入ったとつたえて下さい」

「へい。それで先生。どういたしましょう?」

「ふむ……つまり、その平尾要之助なる剣客は勝平さんと共に、笹屋へ行くということだな」

「さようで。勝平爺つぁんは、いま元締のところに待っております。ですから、どのようにもなりますでございます」

「なるほど」

梅安は、手紙を読み終えた彦次郎と、目と目を見合わせた。

彦次郎の目は、

(どっちにしろ、ここは音羽の元締の親切を無《む》にしねえほうがいいとおもいますよ)

と、いっている。

梅安はうなずき、亀蔵と、しばらく打ち合わせをした。この間に彦次郎は手早く身仕度にかかっている。

間もなく、半田の亀蔵は待たせてあった駕籠に乗り、音羽の半右衛門宅へ引き返して行った。

「では梅安さん。小杉さんを……」

「あの人に、手つだってはもらいたくないのだが……」

「いまとなっては、小杉さんにたのむより仕方がねえじゃあござんせんか」

「だがなあ、彦さん……」

「いまさら、仕方がねえことだ。お前さんが白子屋を殺《や》ったとき、小杉さんも血の雨を浴びているのですぜ」

「そうか……そうだったな」

「よし。きまった」

「彦さん。ちょっと待て」

家を出て行きかけた彦次郎に、梅安が何事かささやいた。

「合点《がってん》だ」

うなずく彦次郎へ、

「いいかえ、彦さん。お前、小杉さんと替ったら、片時も清助殿の傍《そば》をはなれてはいかぬよ。いまが最も油断のならぬときだ」

「わかっていますよ」

彦次郎は、鉄砲玉のように家を飛び出して行った。

その後で、藤枝梅安は井戸端へ出て、汲みたての井戸水で顔を洗った。

春もたけなわとなったが、朝の大気は冷めたい。

顔を洗い終えた後も、梅安は半眼《はんがん》となり、その場に立ちつくしていた。

二

本所・中ノ郷の長寿寺という寺と、藤枝梅安とは、まんざら無関係ではない。先代の和尚《おしょう》の治療をしてやったことがある。しかし、この和尚は高齢のためもあって、一昨年の春に死去している。

したがって、いまの和尚は知らぬ梅安だが、寺へ行けば、まだ梅安の顔をおぼえている下男もいるし、寺僧もいるはずであった。

さて……。

この日の昼をまわったころに、煙草屋の勝平が壮年《そうねん》の剣客を、町駕籠で笹屋へ案内した。

笹屋伊八は待ちかねていた。

「あ、このお方が平尾さんの？」

勝平に問いかけると、その剣客が、

「平尾要之助でござる。伊八殿。そこもとには兄・源七が、大変に御世話になったそうな。あらためて御礼を申す」

落ちついて、慇懃《いんぎん》に挨拶《あいさつ》をする。

その様子を見て、

(ふうむ。これはたのもしげな……)

伊八は、胸が躍ってきた。

おしまがいうように、なかなかの美男であるが、その涼しげな両眼に光りが加わると、何やら平尾の躰から剣気のようなものが凄《すさ》まじくふきあがってくる。細身に見えた体軀《たいく》も鍛《きた》えに鍛えぬかれていることが、伊八の目にもあきらかにわかった。

「昨夜、うけたまわったところによれば、兄・源七を殺害した男は藤枝梅安とか申す鍼《はり》医者だそうな」

「そのとおりなのでございますよ」

「その梅安が本日、中ノ郷の寺へあらわれると聞いた。まことでござるか？」

「はい。間ちがいはございません。その寺のあたりを、いま、私の手の者が見張っておりますが、どうも梅安は二、三日ほど、その寺へ泊るつもりらしいので」

「さようか。おもいがけなく兄の敵を討てることになり申した。かたじけない」

「あの、お一人で……?」

「申すまでもない。拙者《せっしゃ》一人にて討ち取ります。お手をわずらわせることは無用に願いたい」

「さようでございますか。はい、はい。それでは手引きだけをさせていただきます」

「たのみます」

伊八が勝平を見ると、勝平は大きくうなずいた。

伊八も、

(このお人なら大丈夫!!)

確信をもったのである。

伊八は、平尾要之助が小杉十五郎であることを全く知らない。

あれから、南日本橋・松屋町の啓養堂へ駕籠で駆けつけた彦次郎が、十五郎へ事情を語るや、

「梅安殿の役に立つことならば、何でもやる」

即座に引き受けた十五郎は、彦次郎が待たせておいた町駕籠へ乗り、下谷の広徳寺《こうとくじ》へ向った。

入れ替った彦次郎が、片山清助に附《つ》きそったわけだが、十五郎は出て行くときにこういった。

「彦さん。こちらのほうは、いつでもよろしいと梅安さんにつたえてもらいたい」

「わかりました」

小杉十五郎が「こちらのほう」といったのは何を指すのであろうか。

十五郎は広徳寺へ着くと駕籠を捨てて、門前の茶店〔火切り屋〕へ入って行く。

と、茶店に待っていた老爺が、

「小杉先生でございますね?」

「さよう。おぬしが音羽の元締の?」

「はい。勝平と申します」

二人は茶をのみながら打ち合わせをすませ、門前で客を待っていた辻駕籠を拾い、千住の笹屋へ向ったというわけだ。

笹屋伊八は、小杉十五郎へ軽い昼餉《ひるげ》を出した。

「伊八殿。かように、ゆるりとしていてよいのか?」

「大丈夫でございます。梅安は泊るつもりで来るのですから、日暮れ間近《まぢか》になってあらわれましょう」

「手引きは伊八殿のみで、よろしいな?」

「はい。それと、先に行って見張っておりますのが、昨夜、先生の道場へうかがいました、おしまという女でございます。この女は気がきいておりますから何かと便利に使えましょう」

「相わかった」

十五郎は、昼餉の膳に向った。

落ちつきはらって箸《はし》をつかう十五郎の姿が、また、たのもしく見えた。

ことによったら、十五郎のほかに、

(二人か三人、腕の立つ男《やつ》を……)

と考え、手配をしかけていた伊八だったが、十五郎を見て、

(この人なら心配はない。仕損《しそん》じることは万一にもあるまい。いや、あるはずがねえ。ああ、今日という今日は、おれも白子屋の元締の敵が討てる。ありがてえ。これでようやく、元締も浮かばれようというものだ)

伊八の両眼へ、薄《うっ》すらと泪《なみだ》がにじんできた。

「では、仕度をしてまいります」

こういって、伊八は奥の自分の部屋へ引きとった。

先ず、真新らしい下着に着替え、先ごろ、おしまが縫いあげた上田縞《うえだじま》の着物を着て、角帯をきっちりと締めた。

つぎに、押入れを開け、中の戸棚の引出しから長目《ながめ》の短刀を出し、ふところへ差し込んだ。このごろはつかっていないが、以前は何人もの血を吸った白鞘《しらさや》の短刀で、伊八愛用のものだ。切れ味がよいことはいうまでもない。

この日、藤枝梅安が、大川を渡って大川橋（吾妻橋《あづまばし》）の東詰で駕籠を捨てたのは、暮れ六ツ（午後六時）に近かったろう。

春も闌《た》け、日足《ひあし》ものびてきたが、この時刻になると、夕闇も刻々と濃くなって、大川橋を渡る人びとの足取りも忙《せわ》しげになる。

梅安は渋い黄八丈《きはちじょう》の着物に黒の紋付羽織という着ながしの姿で、頭巾《ずきん》を頭に乗せ、ひとりきりで、ゆったりと歩む。

大川端の道を少し北へ行き、源森川《げんもりがわ》に架《か》かる枕橋《まくらばし》の手前を、右へ曲がった。

源森川は、大川へ入る掘割で巾《はば》が十四間《けん》ほどある。

この掘割の北面は水戸家の宏大な控屋敷《ひかえやしき》で、川をへだてた南面が中ノ郷・瓦町《かわらまち》であった。

この名のごとく、中ノ郷には瓦焼きの家が多い。むかしは、いずれも百姓であったものが、本所が発展すると共に田畑を幕府の用地にめしあげられてしまったものだから、土地《ところ》の人びとは瓦焼きを職業とするようになり、源森川の河岸に竃《かまど》をきずき、ひとかたまりとなって住みついたのである。

いまは時刻が時刻ゆえ、瓦を焼くけむりも絶えていた。

長寿寺は、中ノ郷の佐竹《さたけ》右京大夫《うきょうだゆう》・下屋敷の裏手にあった。

寺のまわりは、木立と竹藪《たけやぶ》だ。

梅安が、中ノ郷・瓦町の道を長寿寺へ向って歩む姿を、木立の中で見とどけたおしまが、

「旦那、来ましたよ」

竹藪に潜《ひそ》んでいた笹屋伊八に、声をかけた。

うなずいた伊八が、

「平尾先生」

背後へ声をかけた。

「よし」

あらわれた小杉十五郎が、きらりと大刀を抜き放つ。

十五郎は伊八に、こういってある。

「梅安を討ち取るに細工は無用だ。拙者が正面から出て行って、一刀のもとに斬って捨てる」

伊八に異存はなかったが、十五郎が斬ったあとで、白子屋菊右衛門の恨《うら》みをはらすため、

「トドメを私にやらせて下さい」

と、いった。

「よろしい」

「ありがとうござんす」

というわけで、笹屋伊八も短刀を引き抜いた。

木立の向うの道に、藤枝梅安の姿がちらりと見えた。

暮れ六ツを知らせる鐘の音がきこえはじめた。

この鐘は長寿寺のものではない。北本所・表町の感応寺の鐘の音であった。

梅安が木立の道へ入って来た。道を突き抜けたところに、長寿寺の山門《さんもん》がある。

「先生……平尾先生。あいつが藤枝梅安です」

ささやいた笹屋伊八の声が、少しふるえていた。

「よし。拙者の後ろに、ぴたりとついていなさい」

「へ……」

何で、後ろにぴたりとつけといわれたのか、咄嗟《とっさ》にわからなかった伊八だが、いわれるとおりにした。

梅安が来る。近づいて来る。

十五郎も近寄って行く。

二人の目と目が合い、双方の足が申し合わせたように停まった。

つぎの瞬間、小杉十五郎は梅安を避《さ》けるように、道の右側の木立へ飛び込んだ。

同時に藤枝梅安の巨体が、笹屋伊八へ飛びかかっている。

「あっ……」

おもいがけぬことであった。

伊八は抜き持った短刀を揮《ふる》う間もなく、梅安の強烈な頭突《ずつ》きを胸にくらって、

「むうん……」

がっくりと膝《ひざ》を折った。

その伊八を抱きかかえるようにして、背後へまわった梅安の右手に仕掛針《しかけばり》が光った。

その細い光芒《こうぼう》が、音もなく、笹屋伊八の項《うなじ》の急所へ吸い込まれた。

声もなく、ぴくぴくと、伊八が痙攣《けいれん》を起した。

仕掛針を抜き取った梅安が伊八を抱いて、竹薮の中へ入った。

小杉十五郎は、大刀を鞘《さや》におさめつつ、あたりを見まわしている。

まだ、鐘が鳴っていた。

それこそ「あっ……」という間の出来事だったのである。

竹薮から出て来た藤枝梅安と小杉十五郎が、肩をならべて瓦町の道へ出て来た。

濃くなった夕闇の中から、瓦焼きの男たちの声がした。

「今年も、桜花《はな》が終ったのう」

「すぐに夏だ」

「夏は、たまらねえのう」

「寒いときはいいが、夏の瓦焼きは、たまったものじゃあねえ」

その声を背中に聞いて、二人は小《こ》梅《うめ》の代地《だいち》へ出た。

「梅安殿。うまく行った」

「あなたのおかげですよ」

「どうして、私に斬らせなかったのだ？」

「いや、あの男は、死んだ白子屋にとっては二人といない忠義者で、気の毒なところもあるが、何しろ執念《しゅうねん》深い男ゆえ、こうしておかぬと、私もおもいきって片山清助殿を助けることができぬゆえ……」

「ふむ。いかさま」

「せめて、私の手であの世へ送ってやろうとおもいました」

「あの、おしまという女は？」

「音羽の元締に、いまの様子を知らせにもどるはずです」

そのころ、おしまは、暗くなった大川橋を西へ渡りつつあった。

急ぎ足で橋を渡って行く、おしまの眼に光るものがあった。

三

それから三日後の午後になって、下谷・御徒町《おかちまち》にある駒井助右衛門周之《ちかゆき》の屋敷へ、

「啓養堂からまいりましてございます。これは主人《あるじ》の手紙でござりますが、殿さまへ、ごらん入れて下されまするよう、お願い申しあげます」

と、商家の番頭ふうの男があらわれて、口上をのべた。

家来の佐々木司《ささきつかさ》が出て、

「そのほうは、啓養堂の者か？」

「はい。番頭の彦太郎と申します」

こう名乗ったが、この男は藤枝梅安の指図を受けて来た彦次郎である。

「さようか。しばらく待て」

「はい、はい」

彦次郎は、門番小屋の前で待った。

この日。駒井助右衛門は在邸しており、すぐさま、片山清助からの手紙を開けて見た。

駒井の目には、あきらかに片山清助の筆跡に見えた。

が、これこそ、小杉十五郎が苦心の偽筆《ぎひつ》であった。

藤枝梅安から借りた片山清助の手紙を手本にして、何枚も何十枚も練習を重ね、ようやくに、

（これなら大丈夫）

というところまで、清助の筆跡に似てきた。

そこで、この手紙をしたため、藤枝梅安に見せると、

「うむ。大したものだ。これならば申し分がない」

清助の筆跡を、よく心得ている梅安が太鼓判《たいこばん》を押したので、彦次郎が番頭に化けて、駒井屋敷へ届けにあらわれたのだ。

むろん、このことを片山清助は知っていない。

何しろ駒井助右衛門は、幕府の奥御祐筆《おくごゆうひつ》をつとめているほどだから文字にくわしく、書に堪能《たんのう》である。

その駒井の目をくらますのは容易なことではないゆえ、小杉十五郎は、あれほどの練習をして、偽筆の手紙をしたためたのだ。

偽筆の手紙は簡単なもので、大意はつぎのごとくだ。

「私事《こと》、急病のため、長らく引きこもっておりまして、失礼をいたしました。先般《せんぱん》、御依頼の件につき、病気療養中に、つくづくと考えましたところ、これはやはり、ほかならぬ駒井様のおたのみゆえ、お引き受けいたそうと心を決めましてございます。

つきましては、明後日、不忍池《しのばずのいけ》・弁天境内の美濃清《みのせい》にて、御依頼の品を、お渡しいたしたく存じます。時刻は六ツ半（午後七時）でよろしゅうございましょうか。使いの者に御返事をいただければさいわいでございます。尚、事柄《ことがら》が事柄ゆえ、当夜、私は啓養堂・片山清助を名乗らず、三河屋伝四郎という名で参上いたします。このむね美濃清へお通し下さいますようお願い申し上げます」

手紙を読み終えた駒井助右衛門が、

「ふうむ……」

にんまりと笑って、家来の佐々木に、

「啓養堂の使いの者は、待っておるのか？」

「はい」

「片山清助の書状のおもむき、まさに承知いたしたと申せ」

「はっ」

佐々木は門番小屋で待っていた彦次郎へ、主人の言葉を告げた。

「それだけで、よろしゅうございますか？」

「そうだ。お前の主人へ、そのように申せばわかる」

「かしこまりました」

彦次郎は神妙にうなずき、門を出て行った。

そのとき、駒井助右衛門は居間にいて、愛用の銀煙管《ぎんぎせる》を手に取り、

「啓養堂も、おのれの命には換えられぬとおもうたのか……」

つぶやいたのである。

侍女が、茶を運んで来た。

「これ」

「はい？」

「佐々木を、これへ」

「かしこまりましてございます」

佐々木司があらわれ、駒井と何事か密談をしていたようだが、間もなく身仕度をして外へ出て行った。このとき佐々木は灰色の絹の頭巾《ずきん》をかぶり、面体《めんてい》を隠していた。

その日の夜になってからのことだが、蔵前片町にある料理茶屋・武蔵屋の主人・政五郎が外出先から駕籠で帰って来るや、

「だれか、藤七爺《とうしちとっ》つぁんを呼びにやってくれ」

と、いった。

政五郎の着換えを手つだっていた女中が、

「藤七さんなら、先刻《さっき》来て、旦那を待っています」

「お、そうか。それは何よりだ。すぐに此処へ」

「はい」

藤七が来た。

「旦那が、間もなく、お帰りになるだろうと聞いたので、待たせていただきました」

「ちょうどよかった。ところで藤七、鵜《う》ノ森《もり》の伊三蔵どんはどうしている？　まさかに啓養堂を殺《や》ってはいまいな？」

「へい。それはまだでございますよ、旦那。何しろ啓養堂のあるじは、まだ病気が癒《なお》りきっていないらしく、まるっきり外へ出て来ねえものですから……それに、あのあたりは八丁堀に近く、こちらから乗り込むのはどうも危《あぶ》ないというわけで……」

「それでいい。まあ、ゆっくりやることだ」

「旦那。何か？」

「いや何、実はな、この仕掛けをたのんでよこした上《うえ》の方《ほう》から、啓養堂を仕掛けるのは明後日《あさって》が過ぎるまでは待つようにといってよこしたのだ」

「それはまた、どうしたわけなので？」

「おれも、くわしいことは知らねえ。おれに仕掛けをたのんできたのは、もっと末端《した》のほうからで、その上の上がだれなのか、さっぱりわからぬ。ま、いずれにせよ、おれたちは金ずくでうごいているのだから、知らずともよいことさ」

「それはまあ、そうでござんすねえ」

「だが、伊三蔵どんほどの仕掛人になると、そのときの気分しだいで、いつなんどき、啓養堂へ忍び込むか知れたものではねえ」

「まったく、おっしゃるとおりで」

「ともかくも伊三蔵どんへ連絡《つなぎ》をつけて、念のため、明後日いっぱいは手を出さねえようにつたえておいてもらいたい」

「すぐに行ってまいります」

「まあ、大丈夫だとはおもうが、これもおれたちの稼業だ。おろそかにはできねえからのう」

「ごもっともなことでございますよ、旦那」

「それでは爺つぁん。たのんだよ」

四

翌々日の、その日。

駒井助右衛門は、いつものように佐々木司・阿《あ》栗房次郎《ぐりふさじろう》の家来二名を連れ、不忍池の料理茶屋〔美濃清〕へ、六ツ半前に到着した。

昨日は半日ほど雨が降ったが、それも今朝はあがって快晴となり、午後から急に気温も上《あが》り、まるで夏のような夕暮れとなった。

「三河屋は、まいっておるか？」

佐々木司が美濃清の女中に尋ねると、

「まだ、お見えになってはおりません」

とのことだ。

「よし。ともあれ、酒肴《しゅこう》をたのむ」

「かしこまりましてございます」

いつもの座敷へ通った駒井助右衛門は、

「蒸すのう」

しきりに白扇をつかいながら、腹心《ふくしん》の家来二人を相手に酒をのみはじめた。

佐々木が立って、庭に面した障子を開け放った。

「おお、よし。これで大分に心地《ここち》よくなったが、風は絶えているな」

「はい。さようにございます」

「それにしても……これでは、まるで夏のような」

すでに、夕闇は夜の闇に変っている。

「のう、佐々木」

「は？」

「明日は御城《おしろ》へ出仕《しゅっし》して、青山下野守《あおやましもつけのかみ》より差し出した書類をあつかわねばならぬ。面倒なことじゃ」

「と、申されますのは、丹波篠山《たんばささやま》六万石の？」

「さよう。御老中、若年寄の方々《かたがた》へは、すでに根《ね》まわしをいたしてあるゆえ、先ず心配はないとおもうが……」

「それなれば、大丈夫でございましょう」

　このとき、家来の阿栗房次郎が佐々木司に目配《めくば》せをして座を立ち、廊下へ出て行った。小用《こよう》に立ったのである。

「さて、そのつぎは信濃松代《しなのまつしろ》十万石、真田信濃守《さなだしなののかみ》より差し出した願書《がんしょ》を、どのようにするかじゃ」

「かなり大きな金高となりまするな」

「うむ。真田家の江戸家老に、それだけの金を出す器量《きりょう》があるか、どうかじゃ」

「はい」

「おそろしい世の中になったものよ」

　と、駒井が含《ふく》み笑いを洩《も》らし、

「何事も金しだいじゃ。もっとも、そのほうが、われら御役目のものは却《かえ》ってやりやすいということもあるが……」

「なれど、御取りさばきの御苦心は、金に換えられるものではございませぬ」

「それはのう、まさに、そのとおりなのだが……」

主従ふたりのはなしが、何やら生《なま》ぐさいものになってきたようだ。

小用に立った阿栗は、なかなかに座敷へもどって来ない。

「啓養堂は遅いではないか」

「まったくもって、殿を、このようにお待たせいたし、無礼な……」

佐々木は立って、廊下へ出た。

母屋《おもや》の広間の宴会のざわめきが、開け放った障子の彼方《かなた》からきこえている。

いま、駒井がいる座敷は〔美濃清〕の別棟《べつむね》になっていて、合わせて三つの座敷を駒井が独占していた。

廊下へ出た佐々木が、座敷女中を呼ぼうとして、

「はて？」

廊下の左側の壁に寄りかかっている阿栗房次郎に気づいた。

「阿栗。どうした？」

阿栗のこたえはない。

近寄って声をかけ、阿栗の肩へ手をかけた途端《とたん》に、阿栗の躰がずるずると廊下へくずれ落ちた。

「あっ。おい、これ……」

阿栗房次郎は白い眼をむき出し、息絶えていた。

愕然《がくぜん》となった佐々木司が、

「だれか……」

だれかおらぬかと叫びかけたのだけれど、叫び終えぬうちに、暗い廊下の彼方から飛んで来た一条の矢が、佐々木の喉《のど》をつらぬいた。

廊下の突当りには、いつも二人の座敷女中が待機しているはずなのだが、その気配もなかった。

それも当然だ。女中二人は詰めている小間《こま》で気を失なって倒れていたからである。

佐々木の喉へ突き立った矢は、吹矢《ふきや》の矢だが、すこぶる鋭利《えいり》にできていて、仕掛人の彦次郎が得意の武器であった。

「うわ……」

絶叫をあげた佐々木へ、廊下の向うから短刀を引きぬいた彦次郎が駆け寄るのと、

「何事じゃ?」

座敷にいた駒井助右衛門が大刀をつかんで立ちあがりかけたのは、同時といってよい。

その瞬間だ。

庭先から、大男の黒い影が座敷へ躍り込んで来て、ふとい棍棒《こんぼう》のようなものを揮い、腰を

浮かした駒井の脳天へ打ち込んだ。

燭台《しょくだい》の蠟燭《ろうそく》の火がゆらめいた。

「むう……」

と、一声唸《うな》って、大刀の柄《つか》へ手をかけんとしてかけ得ず、駒井助右衛門は仰向けに倒れた。

大きな黒い影は棍棒を捨て、倒れた駒井の躰を横向けにするや、左手の仕掛針を右手に持ち換え、駒井の頸《くび》すじの急所へずぶりと突き刺した。

黒い影は、藤枝梅安である。

梅安は仕掛針を引き抜き、棍棒をつかむや庭へ飛び下りた。

そのとき、突風のように廊下から座敷へながれ入って来た彦次郎が、

「梅安さん。殺《や》ったね」

「そっちはどうだ？」

「二人とも片づいた」

「さすがに彦さんだ。凄《すご》いな」

「さ、早く」

「よし」

二人は庭づたいに木立へ走り込み、何処かへ消えてしまった。

大広間の宴会は、三味線、太鼓が入って、にぎやかになってきたようだ。

駒井主従三人の死体が発見されるまでには、いま少しの時間を必要とするであろう。

五

翌日の夜になって、藤七から連絡を受けた鵜ノ森の伊三蔵が、武蔵屋へあらわれた。

「何か、急な御用事でも？」

こういいながら、武蔵屋政五郎の居間へ伊三蔵が入って来たとき、

（……？）

一目見て、政五郎は妙な気がした。

伊三蔵の何処が妙なのか、それは政五郎にもよくわからぬ。

強《し》いていうなら、居間へ入って来たのは紛《まぎ》れもなく鵜ノ森の伊三蔵なのだが、政五郎が一目見た瞬間、何やら別人のようにおもえたのだ。

「伊三蔵どん。お前さん、躰でも悪いのではないか？」

おもわず、政五郎はそう尋ねた。

「いえ、別に……」

「そうか。それならいいが……」

「旦那。私は何か変なように見えますでござんすか？」

「いやいや、そんなわけではない」

「さようで……」

軽くうなずいた伊三蔵の口元《くちもと》に、一瞬、微《かす》かな笑いが浮いたが、武蔵屋政五郎はそれに気づかぬ。

「おい、酒の仕度を」

と、女中にいいつけた政五郎は、女中が立ち去るのを見とどけてから、

「伊三蔵どん。啓養堂の一件だがね、あれは、無いことにしてもらいたいのだ。といっても、お前さんへわたした半金は返すにはおよばない」

「旦那。それは、どういうことなのでございましょうか？」

伊三蔵は、ちょっと気色《けしき》ばんだ。

「伊三蔵さん。勘《かん》ちがいをしてはいけないよ」

「私の腕に不足が……？」

「だから、そうではないといっているのだ。実は急に、上のほうから取りやめの指図が出たらしい」

「上のほう？」

「それが何処のだれかは、私も知らない。私が知っているのは、私のところへ、この仕掛け

をたのみに来た人だけだ。その人にしたところが、上の、そのまた上の事情《わけ》はよく知らない。こういえば、お前さんほどの人が呑《の》み込めないはずはないだろう?」

「なるほど」

「わかってくれましたかえ?」

「よく、わかりましてございます」

武蔵屋政五郎が嘘《うそ》をいっているのではないことは、伊三蔵にもわかった。

鵜ノ森の伊三蔵は、これまでに二度ほど、たのまれた仕掛けが中止になった経験がある。

「まあ、今夜はゆっくりとはなし合いましょう。お前さんも此処へ泊って行きなさるがい
い」

「ありがとう存じます」

そこへ、女中が膳を運んであらわれ、藤七も入って来た。

(こうなれば、いよいよ梅安ひとりに、的《まと》をしぼれる)

伊三蔵は、むしろ勇躍した。

駒井助右衛門の変死は、幕府や大名・旗本の間に知れわたったが、これは変死ではなく
〔急死〕ということになっている。

しかし、武蔵屋政五郎の耳へは、まだ入っていないし、入ったとしても政五郎は格別の関
心を抱かなかったろう。

政五郎は、駒井助右衛門の顔を、一度も見たことがないのだ。

片山清助暗殺と駒井の死とは、武蔵屋政五郎の頭の中で結びつかぬ。

このように幕府関係のことになれば、いくつもの段階を経て事が行われるのだから、事態がどのようになっても、関係者には、

「累《るい》がおよばぬ」

「傷がつかぬ」

ように、仕組まれているのである。

鵜ノ森の伊三蔵は、武蔵屋政五郎の酒の相手をしながら、

(さて、どこから手をつけようか……)

藤枝梅安の仕掛けについて思案しはじめた。

片山清助暗殺のことがあったので、これまでは身を入れ、梅安に探りをかけていなかったが、これからは先ず、梅安の動静を知らなくてはならぬ。

何といっても伊三蔵は、梅安に顔を知られている。

伊三蔵が梅安の仕掛けを決行するときの方法は、そのときが来るまで使うことができないし、また使うべきではない。

(だれか、たのみになる人にたのんで、梅安のうごきを探らせなくては……)

このことであった。

盃を口に含みつつ、伊三蔵はちらりと藤七を見た。

見た途端に、

（そうだ。藤七爺つぁんにたのもう。何も彼も打ちあければ、きっと爺つぁんはちからにな
ってくれるだろう）

心が決まった。

この夜。

伊三蔵と藤七は、武蔵屋の奥の一間で眠った。

夜が明けて、薄明《はくめい》が部屋の内へただよってきたとき、

「伊三蔵さん」

となりの寝床から、藤七が声をかけてよこした。

「う……」

「起きていなさるね」

「ああ」

「お前さん。何か、この親爺《おやじ》にいいたいことがあるのじゃないか？」

「爺つぁん。気がついていなすったか？」

「昨夜から、わしを見る目つきが徒事《ただごと》にはおもえなかったのでね」

伊三蔵が苦笑と共に、

「爺つぁんの目は胡麻化《ごまか》せねえなあ」

「いったい、何がいいてえのだ、伊三蔵さん」

「それがなあ……」

「遠慮にはおよばねえ、何でもいってみておくんなせえ」

「ありがとうよ」

「ねえ、伊三蔵さん。お前さんとは長いつきあいだし、わしも、間もなくあの世へ旅立つことになる。いまとなっては欲も得もねえ。好きな男のためなら、どんなことでもするつもりだ」

「そこまでいっておくんなさるか」

伊三蔵は半身を起し、藤七を見た。

寝床へ仰向けに寝て、藤七は両眼を閉じている。

「爺つぁんは、藤枝梅安という仕掛人を知っていなさるかえ?」

「耳にしたことは何度かある。鍼医者だそうな」

「そうだ。そのとおりだ」

「凄腕《すごうで》だそうでござんすね」

「……」

「だが、わしは一度も見たことがありやせんよ」

「そうか。おれも、そうだろうとおもっていた。だからこそ、爺つぁんにたのむ決心がついたのだ」

「ふうむ……それでは、梅安を？」

「仕掛ける。どうあっても、やつの息の根を止めなくては、鵜ノ森の伊三蔵の胸の内がおさまらねえのだよ」

「前に、お前さんが急ぎの仕掛けにかかっているといいなすったのは、そのことでござんすね」

「そうだよ、爺つぁん」

遠くで、鶏《とり》が鳴きはじめた。

藤七が半身を起し、枕元の水差しから茶わんへ水を注ぎ、ゆっくりのんだ。

伊三蔵は、この前に、武蔵屋政五郎が片山清助殺しの半金としてよこした金三十両を藤七の前へ置き、

「これでたのむ。爺つぁん。おれのために、はたらいてくれ」

「わしは、知ってのとおり、仕掛けができる親爺ではありませんぜ」

「仕掛けてくれというのではねえ。探《さぐ》りのためだ」

「それなら、こんなにはいらねえ」

「ま、いいじゃあねえか。取ってくれねえと、おれの気がすまねえ」

「では、ひと先ず、あずかっておこうかね」

藤七は煙草盆を引き寄せ、

「さて、伊三蔵さん。くわしいはなしを聞きましょうかね」

と、いった。

六

駒井助右衛門・急死の知らせが、啓養堂の片山清助の耳へ入ったのは、翌日の午後である。

知らせをもって来たのは、駒井の主治医であり、幕府の表御番医師のひとりである安倍道円《あべどうえん》であった。

道円医師は、啓養堂の薬で駒井の病気を癒したわけだから、むろんのことに片山清助とは浅からぬ交誼《こうぎ》がある。

「いや、おどろいた、おどろきました。急死と聞き、すぐに駒井殿の御屋敷へ駆けつけましたなれど、ついに、御遺体を拝むことができなかった」

と、道円は清助に語った。

片山清助は、まさかに藤枝梅安と彦次郎が駒井主従を暗殺したとは、夢にも想わぬし、梅安たちも何食わぬ顔をしていたのだ。

「ええっ、駒井様が急死を……」

おどろいた清助が、口をあんぐりと開けたまま、絶句してしまった。

「急死というが、御屋敷には公儀の御役人が詰めかけ、弔問《ちょうもん》の人びとを奥へ通さぬ、これは何ぞ、深い事情があるのではないかとおもう」

「ふうむ……」

清助にも、よくわからなかった。

わからぬが、しかし清助の胸中《きょうちゅう》には一種特別のおもいがある。

駒井助右衛門が死んでしまえば、

(私の命も助かるのではあるまいか？)

このことだ。

安倍道円が帰るや、清助は起きあがり、となりの部屋で書見《しょけん》をしている小杉十五郎へ、

「あの、小杉さま」

「はい？」

「梅安さんは、こちらへ、いつ、お見えになりましょうか？」

「明日にはまいられましょう。そういっておられましたから」

「さようでございますか」

「何ぞ、お急ぎの用事でも？」

「いえ、別に……」

病間へもどったが、清助の興奮《こうふん》は、なかなかにおさまらなかったようだ。

翌日、藤枝梅安があらわれると、待ちかねていた片山清助が、

「昨日、安倍道円先生が見えられまして……」

一部始終を、声をひそめて語り終え、

「梅安さんは、このことを何とおもわれます？」

「さよう。これは、あまり深く考えぬほうがよろしい。急死、すなわち急に死んでしまったということですから、理由は問わずともよいとおもいます」

「さ、さようでしょうか？」

「これで、あなたの一命も助かったというものです」

「な、なれど、何やら不安のような、おもいもいたします」

清助は、となりの小杉十五郎へ気をつかいながら、そういった。

このとき、

「よろしいか」

廊下から十五郎の声がして、

「ちょっと、其処《そこ》の煙草屋まで行ってまいる」

「さ、どうぞ」

と、藤枝梅安。

十五郎は、階下へ降りて行った。

「清助殿。まだ油断はなりますまいが、私がおもうに、これで八割方は安心してよいかと存ずる」

「それは、まことに？」

「はい。いま、しばらく、このままで様子を見ましょう。あらためて、お聞きするが、駒井が急死をしたいまも、清助殿は京へ帰りたいとおもわれますか、いかが？」

「はあ……」

「京には、あなたの兄御《あにご》がおいでになるが、いまここで、江戸から啓養堂が京へ引きあげてしまうことになると、江戸の医師たちは大変に困るとおもいます。ひいては病《やま》いに悩む人びとも困る。このことを、いま一度、思案してみては下さらぬか」

「なれど、いったん、このように恐ろしい目におうた者にとって、江戸は……江戸は、まことにもって……」

「江戸に愛想《あいそ》がつきましたか？」

「それよりも、何やら空恐《そらおそ》ろしゅうて……」

いいさして、片山清助は言葉を失った。

梅安も沈黙した。

たしかに、駒井の急死によって、清助の身が絶対の安全となったわけではない。

ともかくも、駒井は毒薬入手の秘密を清助に洩らしているのである。

ゆえに、駒井はすでに清助暗殺の手配をしているにちがいない。もしそうならば、駒井の死には関係なく、仕掛人が清助の一命をねらいつづけるやも知れぬ。

梅安も仕掛人だけに、駒井のような要人が、どのような段階を経て暗殺の手配をするものか、おぼろげながらわかるつもりだ。

また一方では、駒井が死んでしまったからには、この暗殺計画を推しすすめないほうがよいと、中止の指令が下ったことも充分に考えられる。

つぎに、駒井が清助へ、

「覚悟あってのことであろう。徒《ただ》ではすまぬぞ」

そういったそうだが、いまだに暗殺の手配をしていなかったことも、あり得るのだ。

藤枝梅安は、この二つに期待をかけている。なればこそ、駒井をあの世へ送ったのだ。

片山清助は、長い間、沈黙していたが、ややあって、

「梅安さん」

よびかけてきた。

「はい？」

「もう一度、よくよく考えてみます」

「そうして下さるか。むりにとは申しませぬ。どうあっても京へ帰りたいといわれるなら、私が必ず、安全に送りとどけましょう」

「なれど……」

「なれど？」

「もしも、執拗《しつよう》に、この私の命をねらう者があるとすれば……たとえ、京へ帰っても危《あぶな》いとおもいますのや」

そのとおりだ。

(よくも清助殿は、そこまで思案がおよんだものよ)

と、梅安はおもう。

「さ、少し躰を揉《も》んでさしあげよう。俯《うつぶ》せにおなりなされ」

「はい。はい」

梅安は、清助の躰を揉みはじめた。

このごろの片山清助は、足腰もしっかりしてきたし、内臓の疾患《しっかん》もよくなってきた。

道中駕籠を使い、ゆっくりと日数をかけて行けば、京都まで旅することに不安はないところまで漕《こ》ぎつけた。

いつしか、夕闇がたちこめてきている。

清助の妻女お芳があがって来て、行燈《あんどん》に火を入れた。

「おや……」

お芳が、清助をのぞき込み、

「よく眠って……」

梅安を見て微笑し、まだ、躰を揉みつづけている梅安に両手を合わせた。

梅安は軽くかぶりを振り、二度三度とうなずいて見せる。

そのころ……。

品川台町の雉子《きじ》の宮《みや》の社《やしろ》へ参詣《さんけい》に来たらしい老爺が、杖《つえ》をついて、裏手の木立を抜け、細道を下って藤枝梅安宅の前へ出た。

今日は梅安がいないので、患者も近寄らず、おせき婆さんも掃除を終え、我家《わがや》へ帰ってしまっている。彦次郎もいない。

老爺は菅笠《すげがさ》をあげ、あたりを見まわした。

この老爺は、藤七であった。

藤七は、ひとりうなずきつつ、夕闇の中を、台町の通りへ去って行った。

菱屋の黒饅頭

一

それから半月ほど経《た》つうちに、よく晴れた日などは、急に夏めいてきた。

藤枝梅安の日常は、以前にもどった。

彦次郎は、ほとんど梅安宅にとどまっているが、小杉十五郎のみは、依然、啓養堂・片山清助方へ滞留し、密《ひそ》かな警護を怠《おこた》らぬ。まだ、油断はできないからであった。

清助は、すっかり体調を取りもどし、家の中ならば何一つ不自由もなくうごけるし、妻女のお芳は、

「これならば大丈夫ではございませんか。暑い夏になってからよりは、いまのうちに京へのぼったほうがよいようにおもわれます」

しきりに、すすめるのだが、清助は、

「ふうむ……」

何か、煮え切らない。

「どうなすったのでございます?」

「お芳」

「はい?」

「お前、京へ行きたいか?」

「まあ、何を、いまさら……」

「行きたくはあるまい。江戸で生まれ育ったお前だもの。京へ行ってくれるのは、私のために行ってくれるのだ」

「私は、どちらでもいいのでございますよ。ほんとうです。旦那さえ丈夫でいて下さるのなら、京でも江戸でもかまいません。お幸《こう》も同じでございますよ」

「そうか……」

「旦那は、どうなんでございます?」

「迷っている」

「迷って、と、おいいなさるのは？」

「うむ。この間、梅安さんのいいなさることを聞いてから、むりにも京へ帰らなくともいいのではないかと……」

「まあ」

「ともかくも、もう少し、思案《しあん》をしてみよう」

こういって清助は、お芳の顔を見た。

お芳は何もいわなかったが、何といっても江戸育ちの女だけに、喜色《きしょく》を隠しきれなかったといってよい。

一方、梅安は、

(京へ行くにせよ、行かぬにせよ、清助殿を熱海《あたみ》の温泉《ゆ》へ連れて行き、夏の間を、ゆっくりとやすませたい)

そうおもいはじめている。

自分と小杉十五郎、彦次郎が付きそって行けば、たとえ万一の事があっても清助の身に危害はおよぶまい。

何しろ江戸へ出て来て以来、やすむことなく、はたらきつづけてきた片山清助ゆえ、躰《からだ》のあちこちが傷《いた》んでいるのだ。

そうした或日《あるひ》の夕暮れ近くなってからだが、

「ごめん下さいまし。梅安先生は、おいでてございましょうか」

台所で、老婆の声がするので、梅安が、

「どなただ？」

戸を開けてみて、

「これは、めずらしい」

少し、おどろいた。

野菜物が入った籠《かご》を背負《せお》い、訪ねて来たのは、萱野《かやの》の亀右衛門《かめえもん》の古女房《ふるにょうぼう》お才《さい》ではないか。

ずっと以前は、目黒から渋谷へかけての縄張《なわば》りをもち、暗黒の世界でもそれと知られた萱野の亀右衛門が引退をして、目黒の碑文谷《ひもんや》村で古女房のお才と共に農耕の暮しに入ってからもう何年になるだろうか。

亀右衛門については何度も書きのべて来たが、藤枝梅安との因縁《いんねん》は浅からぬものがある。

お才が梅安宅へあらわれたのは、これが初めてであった。

「つまらないものでございますが、お口へ入れて下さいまし」

歯切れのよい口調で言って、お才が籠の野菜を板の間へおろした。

「ありがとう。重かったでしょうな」

「いえもう、すっかり百姓暮しになじみましたので、何でもございませんよ」

細身、細面《ほそおもて》で色の浅ぐろいお才は、むろんのことに六十をこえていよう。いつも老いた夫

の後ろに、ひっそりといて、むかしから表には出たがらぬ女だったそうだが、ある仕掛人のはなしによると、

「萱野の元締の御新造《ごしんぞ》さんは、ああ見えても、いざとなりゃあ、短刀《あいくち》を抜いて元締の身がわりになる覚悟が、ちゃんと出来ていなさる」

とのことだ。

「亀右衛門さんが、どうかしたのですな」

ずばりと、梅安がいった。

「へえ、そうなのでございます」

「どうなすった？」

「こっちのほうの股《もも》のあたりから脛《すね》にかけて、ひどく痛み出したようなのでございます」

「それなら何故、早く知らせてくれないのです」

梅安がほっとしたのは、亀右衛門の身に、もっとひどい異変が起ったと予想したからだ。躰の痛みなら、自分の鍼で、どのようにも、

(癒《なお》してみせる)

このことである。

「いえ、私も何度か、そういいましたが、あのとおりの人でございますから、いっかな聞き入れてくれません。今日も品川の知り合いのところへ行くと申して、やっと出て来たのでご

ざいます」

「すぐに行きましょう」

「いま？」

「さよう。ま、ここで何だが、お茶を一杯のんでいて下さい。すぐに仕度をします」

手早く、茶を出しておいて、梅安は居間へもどった。

その後姿へ、お才が手を合わせた。

そして、一杯の茶を押しいただくようにして、ゆっくりとのんだ。

間もなく梅安は身仕度をし、治療道具が入った小さな箱を風呂敷へ包み「彦さん。後をたのむ」と声を投げておいて、台所へあらわれ、

「さ、まいりましょうか」

「ありがとう存じます」

「手なぞ合わせたりなさるな。明日から毎日、治療に通いますから大丈夫です」

「あの、毎日……」

「さよう、朝早くにしましょう。そのほうがよろしい」

梅安は、安心のあまり、泪《なみだ》ぐんでいるお才の肩を抱くようにして、台所から出て行った。

彦次郎が出て来て、台所の戸を閉めてから、

「さて、梅安さんが帰って来たら、何を食べさせようか……」

つぶやいて、籠の野菜をあらためはじめた。

藤枝梅安とお才は、品川台町の坂を南へ下って行く。

夕闇《ゆうやみ》が淡くただよっていたが、夜になるまでは、まだ間があろう。

近くの子供たちが、飴売《あめうり》の太鼓《たいこ》を聞き、駆けあつまって来た。

この飴売りの老爺は、十日ほど前から、このあたりをながして歩いている。

梅安とお才を見かけたときは、子供たちの間に屈《かが》み込んでいた飴売りだが、二人の姿が、かなり遠ざかったところで立ちあがり、

「さあ、この飴はみんなにあげよう。銭《ぜに》はいらないよ」

こういって、太鼓を打ちながら、これも坂道を南へ下って行く。

この飴屋は、藤七であった。

二

藤枝梅安の家から西へ半里足《た》らずのところに、今里村《いまざと》という百姓地がある。

その一隅の畑の中に、小屋が一つ在《あ》る。

このあたりの畑は、近くの瑞聖寺《ずいしょうじ》の所有であったが、いまは畑も、ほとんど手入れをしないので、荒廃している。小屋は、瑞聖寺の畑だったころに、寺が人を雇い、畑仕事をさせて

いたときの出作《でづく》り小屋だったのである。

飴売りに化けた藤七と鵜《う》ノ森《もり》の伊三蔵が十日ほど前から住みついていた。

「よくまあ、こんなところを見つけたものだな、爺つぁん」

伊三蔵が感心していうと、藤七は、

「なあに、このあたりで顔が利《き》いた人を知っているのでね」

「そうか」

「そのほうへ手をのばし、瑞聖寺にはないしをつけてもらったのですよ」

「なるほど」

「お前さんからあずかった金が、役に立ちましたよ」

藤七は若いときに飴売りをしていたとかで、することなすことが堂に入っている。

その飴売りの道具を土間へほうり出すようにして、

「伊三蔵さん。いよいよ仕掛けの機《とき》がやって来たようですぜ」

興奮《こうふん》を押え切れぬ藤七の声であった。

「すっかり暗くなってしまったから、心配していたのだ」

「それがさ……」

藤七は、萱野の亀右衛門の女房が梅安宅を訪れ、すぐに梅安と共に出かけたことを告げた。

「後をつけたのか？」

「いうにはおよばねえ」

「よし」

きらりと眼を光らせて立ちかける伊三蔵へ、

「まだ早い、まだ早い。今夜ではねえ。今夜はもう、梅安が家へ帰《けえ》ってしまいましたよ」

伊三蔵は気抜けのした顔になったが、

「その場所は？」

「目黒の碑文谷でござんすよ。竹藪《たけやぶ》に囲まれた一軒家でね」

「ふうむ……？」

「梅安が治療をすませ、出て来るまで、わしは竹藪に隠れていましたがね、梅安を竹藪の向うの道まで送って来た女房が提灯《ちょうちん》をわたしながら礼をのべると、梅安が、こういいましたよ」

「何といった？」

伊三蔵の声は、落ちつきはらっている。

「へえ。明日から七日、八日ほどは、毎日の治療をしなくてはならない。その後は一日置きか二日置きでいいと、そういいましたぜ」

「明日から七日、八日……」

「毎日、朝も早いうちに来ると梅安がいう声を、わしは、はっきりと耳にしました」

「朝も早いうち、と言ったのだね？」

「へい。ともかくも、明日は暗いうちに出て碑文谷へ行き、竹藪に隠れ、梅安が来る時刻をたしかめておきます」

「うむ。そうしてくれ。そのほうがいい」

「梅安は、駕籠を雇って来るかも知れませんぜ。そうなると事が面倒だが……」

「なあに、駕籠舁《か》きの一人や二人、何とでもなる」

「そりゃあ、まあ……」

「よし。明日は、爺つぁんが帰って来てから、様子を聞き、おれも碑文谷の、その家のあたりを見廻って来よう」

「その家なんですがね」

「……？」

「だれの家かわからねえが、梅安を案内して来た六十がらみの婆《ばば》あ、あれは徒《ただ》の婆あではありませんぜ」

「どんな？」

「白髪《しらが》あたまを引っ詰《つ》め髪にして、見たところは百姓婆あだが、洗いざらしの着物の着こなしぐあいといい、油断のねえ足の運びや目配《めくば》りといい、あの婆あは、きっと人の血が飛ぶのを何度も見ているにちげえねえ」

「ふうん……」

「もっと日があれば、探《さぐ》り出してみせますがね」

「爺つぁん。その暇はねえ。よけいなことをして勘づかれてはおしまいだ。そうさな……」

伊三蔵は両眼を閉じ、しばらく沈黙していたが、ややあって、呻《うめ》くように、

「この三日、四日のうちには片をつけてしまいたい」

「いよいよ、おやんなさるか……」

「ありがとうよ、爺つぁん。お前のおかげで、この仕返しはうまく行きそうだぜ」

伊三蔵の声に、ちからがこもってきた。

「前祝いに、酒をつけましょうかね」

「そうしてくれ」

今夜は、妙に風が強い。

小屋の戸が、音をたてて鳴った。

帰宅した藤枝梅安も、湯殿の中で風の音を聴いている。

萱野の亀右衛門の左脚の痛みは、いまでいう坐骨神経痛《ざこつしんけいつう》で、この鍼治療は梅安が得意とするものだ。おそらく、十日もあれば痛みは消えようが、しばらく見ないうちに亀右衛門は急に肥《ふと》ってきていた。

去年の秋ごろから、

「飯がうまくてうまくて仕方がない」

そういって、朝から三杯も御飯のおかわりをしたり、これまでは見向きもしなかった饅頭《まんじゅう》や羊羹《ようかん》を、しきりに食べたがったそうな。

これは尋常ではない。

食欲が出たから健康なのだとおもっていたらしいが、実は、亀右衛門の胃《い》ノ腑《ふ》が悪くなっていたのである。

この治療のほうが、

（むしろ、長くかかる）

と看《み》ている。

梅安は、気長《きなが》に癒すつもりでいて下さい」

「まあ、気長に癒すつもりでいて下さい」

梅安は、亀右衛門にそういった。

亀右衛門は、そのとき、

「大勢の患者がいなさる梅安先生に、御足労《ごそくろう》をかけて、申しわけもない。女房のやつがよけいなことをいたしました」

穴があったら入りたいような口調で、

「私も、ようやく、むかしの渡世の義理を、ほとんど済ませましたから、いつ何どき、冥土《めいど》へ旅立っても思い残すことはないのでございます」

香具師《やし》の元締として、暗黒の世界に生きて来たときの義理、しがらみから、ようやく抜け出せたというのである。

「これで、先生に仕掛けをお願いすることもなくなり、ほっとした途端《とたん》に、この始末でございます」

「亀右衛門さん。冥土へ行きなさるには、何も急《せ》くことはない。たがいに、ゆっくりと行きましょう」

そうはいったものの、藤枝梅安自身も、

（おれも、そろそろ、この世から消えてなくなる日が近づいてきた……）

ような、おもいがしている。

白子屋事件以来、つぎからつぎへ襲いかかる仕掛人を反撃してきたが、それもこれも、彦次郎や小杉十五郎の助けがあったればこそだ。

現に、江戸へ帰ってからも、手練《てだれ》の浪人（三浦十蔵）に襲われたときは、

（おれの生涯《しょうがい》も、これまで）

と、いさぎよく眼をつぶった梅安なのである。

それに、

（患者に化けて来た男は、まだ生きているはずだし、十五郎に顔を切られて逃げた浪人も死

んではいまい。あの二人は、かならず仕返しにあらわれるだろう）

覚悟をする一方で、

（あの二人になら討たれても悔《くい》はない）

とさえ、おもっている。

一人は、絶妙の仕掛けの工夫により、一人は恐るべき剣の遣《つか》い手として、正面から梅安を襲い、死の一歩手前まで追いつめた。

思いにふける梅安へ、

「いったい、何をしていなさるんだ。湯殿で居眠りはしねえものですぜ」

湯殿の戸が外から開いて、彦次郎の声がかかった。

「お……彦さん。いま出る」

「のぼせはしませんかえ」

「少し、な」

「それごらん。いわねえこっちゃねえ」

「酒をたのむ。明日は早いからな」

「萱野の元締は、どんなぐあいなので？」

「なあに、癒してみせる」

湯から出た梅安の背中を拭《ふ》きながら、彦次郎が、

「片山清助さんは、どうやら大丈夫のようだね、梅安さん」

「そうおもうか、彦さんは」

「勘ばたらきですがね。清助さんを殺《や》るつもりなら、もう来ているはずだ。ことに駒井助右衛門が死んだとあれば、尚のこと仕掛けを急ぐはずだ。そうおもいませんかえ」

「そうか、な……」

「はてさて、用心深いお人だなあ」

「自分のことではないからな」

三

翌日の明け六ツ（午前六時）に、藤枝梅安は家を出て、萱野の亀右衛門宅へおもむいた。

近所に駕籠屋がないためもあって、梅安は徒歩であった。

そして四ツ（午前十時）すぎに帰って来ると、彦次郎が湯殿の仕度をしておいてくれたので、熱い湯に入り、すぐさま、待っていた患者たちの治療に取りかかった。

この日の梅安を、飴売りに化けた藤七が遠くから見張っていたことは、いうまでもない。

鵜ノ森の伊三蔵は、梅安が亀右衛門の治療を終えて帰途についたころ、碑文谷村へあらわれ、あちこちと歩きまわっていたようだ。

つぎの日の藤枝梅安の行動も、前日と変らぬ。

藤七も同様であったが、この日は帰宅する梅安の尾行はせず、碑文谷八幡宮の鳥居前で伊三蔵と落ち合った。

「爺つぁん。梅安が帰って行くのを、遠くのほうから見たよ」

「そうですかえ」

「歩く姿に、隙《すき》がなかった……」

つぶやいた伊三蔵の両眼が、見る見る血走ってきて、

「爺つぁん。明日だ」

「え……？」

伊三蔵は、低いが、きっぱりとした声でいった。

「明日、仕掛ける」

「おやんなさるか」

「昨夜から、だんだんと気分が乗ってきた」

「そうこなくっちゃあいけねえ」

伊三蔵は、このあたりで見かける農夫の姿をしており、汚《よご》れた菅笠《すげがさ》をかぶっている。

「いま、何刻《なんどき》だろう？」

「五ツ半を、まわっているのじゃあござんせんか」

「ふうむ……」

碑文谷八幡宮の神体《しんたい》は秘物《ひぶつ》だそうだが、なんでも、かの畠山重忠《はたけやましげただ》の崇信《すうしん》していた神体だといわれている。

この八幡宮・鳥居前の道を西の方へ折れ曲がって行き、さらに右手の小道へ入ると、こんもりとした竹藪が見える。

その中に、萱野の亀右衛門の家と畑があるのだ。

竹藪の前の小道を東へすすむと、法華寺《ほっけじ》の裏へ出る。

藤枝梅安は、この道を来て、帰って行くのである。

八幡宮の鳥居前からは田圃《たんぼ》を隔《へだ》てて、約一町の向うに法華寺の杜《もり》がのぞまれた。

田植《たうえ》のときも近づき、農家の男女が田圃へ出て来て、はたらきはじめる姿が見えた。

鵜ノ森の伊三蔵は、瞬《まばた》きもせずに、それを見つめていたが、

「よし」

ひとりうなずいて、立ちあがった。

「爺つぁん、久しぶりだ。目黒不動の山《やま》の井《い》へ寄って、旨《うま》いものでも食べて行こう」

「でも、こんな姿《なり》では、どうですかねえ?」

「ちげえねえ。それじゃ、いったん帰って……すまねえが爺つぁん、湯を沸《わ》かしてくれないか。躰を洗っておきたいのでね」

「わけもねえことでござんすよ、伊三蔵さん」

「それから出直そう」

「だが、酒はいけませんよ」

「わかっているとも。今夜は早寝《はやね》だ」

そして、この夜……。

目黒不動・門前の料理屋〔山の井〕から今里村の小屋へ、伊三蔵と共に帰って来た藤七が、

「山の井の鯛《たい》が旨《うま》かったねえ、伊三蔵さん」

「そりゃあ、よかった」

「もう一度、湯を浴《あ》びなせえ。そのほうがいい。ぐっすりと眠れますからね」

「ありがとうよ」

「いますぐに、湯を……」

「爺つぁん。その前に、ちょいと此処へ来ておくれ」

「何か?」

「これは、いまのおれの有金《ありがね》で、恥《はず》かしいほどに少ねえが、取っておいてくれ。今度という今度は、爺つぁんが助けてくれたので、どうやら鵜ノ森の伊三蔵の意地と義理が立ちそうだ」

「いや、前にあずかった金《の》が、まだ残っていやすよ」

「そうか。それも、お前さんのものだ。さ、しまっておくれ」

「いや、いけねえ。そんなつもりで、わしは……」

「わかっているとも爺つぁん。だが、お前さんが気持ちよく受けてくれねえと、おれの明日の仕掛けがうまく行かねえのだ」

「え……？」

「たのむ。受けておくれ」

「そ、それほどまでに、おいいなさるのなら……」

と、藤七は金包みを押しいただいた。

やがて、大盥《おおだらい》へ汲《く》み込んだ熱い湯の中へ坐り込んだ裸の伊三蔵の背中を、藤七が、ゆっくりとながしてくれた。

湯からあがった伊三蔵が寝床へ横たわると、藤七が寄って来て、無言のままに伊三蔵の肩から腕のあたりを揉《も》みはじめた。

「と、爺つぁん……」

伊三蔵が、おどろきの声をあげた。

「………」

藤七は、黙って揉みつづけた。

何処かで、蛙《かえる》が鳴いている。

そのとき、伊三蔵の眼から光るものが一筋、頬《ほほ》をつたわった。

「もったいねえ……」

この伊三蔵の声は、ほとんど口の中のつぶやきだったから、おそらく藤七の耳へはとどかなかったろう。

四

翌朝、鵜ノ森の伊三蔵は、日が昇らぬうちに目ざめた。

「よく眠っていなすったようで」

伊三蔵より早く目ざめ、竈《かまど》へ火を入れていた藤七が声をかけると、

「むう……」

伊三蔵は、おもいきり両手を伸ばし、

「爺つぁんのおかげで、夢も見なかった。ありがとうよ」

「伊三蔵さん」

「え？」

「今日の仕掛けは、きっと、うまく行きますぜ。このおやじの勘ばたらきは狂ったことがね

え」

「うむ」

笑った伊三蔵が、大きくうなずいた。

熱い湯で、手早く躰を拭き清めた伊三蔵の前へ、朝餉《あさげ》の膳が運ばれた。

卵を落した味噌汁に漬物、梅干しだけのものだったが、

「旨《うめ》え」

伊三蔵は味噌汁のおかわりをしたが、飯は口にしなかった。梅干しは三個も食べた。

そのころ、品川台町の家では、藤枝梅安が目ざめ、彦次郎が仕度してくれた豆腐の味噌汁、生卵をまぜた納豆《なっとう》で飯を二杯、腹へおさめて、

「彦さん。今日は旨いものをみやげに持って帰るよ」

「何です？」

「あててごらん」

「さて……わからねえなあ」

「目黒の法華寺の裏門前に、菱屋《ひしや》という茶店がある。そこのね、黒饅頭《くろまんじゅう》と土地《ところ》の人がよんでいる饅頭を持って帰るよ。今日、萱野の亀右衛門さんの御新造が取りに行ってくれるそうだ」

「何だか、ぞっとしねえな。黒饅頭なんて、汚ならしい」

「皮が黒くて、そりゃあ旨い。お前さんは酒も好きだが甘いものも好きだろう。この饅頭を四ツに切って金網《かなあみ》で焦《こ》んがりと焙《あぶ》ったら、ちょいとこたえられない」

「へーえ」

「それを肴《さかな》に、今夜は酒をのもう」

「冗談も、ほどほどにしなせえ」

などと、二人とも屈托《くったく》がなかった。

「あ、そうだ。彦さん、今日は早目に帰って来る。三田台町《みただいまち》の古月堂《こげつどう》の番頭さんが治療に来るからね。先に来たら待っていてもらってくれぬか」

「ようござんす」

六ツになると、梅安は、

「彦さん。後をたのむよ」

機嫌よく、家を出て行った。

今朝も、よく晴れている。

雉子《きじ》の宮《みや》の木立の新緑が鮮烈であった。

梅安宅の庭の繍毬花《てまりばな》も、青白い小さな花をつけた。

梅安が家を出たころ、今里村の小屋では、飴売りの仕度を終えた藤七が、

「伊三蔵さん。それでは一足先《ひとあしさき》に出ますよ」

茶をのんでいる伊三蔵へ声をかけた。

「爺つぁん、わかった」

「首尾よく、ね……」

「うむ」

藤七は外へ出て、

(あれなら大丈夫だ。昨夜から、伊三蔵さんは落ちつきはらっていなさる)

眉《まゆ》をひらいて、さわやかな朝の大気を存分に吸い込んだ。

その後で、伊三蔵は小屋の隅に積み重ねておいた行李《こうり》を開け、ゆっくりと身仕度にかかったのである。

碑文谷では、萱野の亀右衛門が半身を起し、桶《おけ》の湯で躰を拭いている。これは梅安の治療を受ける前の、患者としての心がけというものであった。

「旦那。だいぶんに今朝は、ぐあいがいいようですねえ」

「お才。梅安先生の鍼にはおそれ入った。あれほどにひどい痛みが消えてしまったものな」

「でも、腰のあたりをすっかり癒してしまわないと、いけないそうですよ」

「わしも、そのつもりだ。ほんとうに、ありがたいことだ。いいか婆さん。先生に、くれぐれも粗相《そそう》があってはならねえぞ」

「はい。あ、そうそう」

「何だ？」

「梅安さんに黒饅頭をたのまれているのですよ」

「そうか。それなら、茶を出したら、すぐに菱屋へ行って来ねえ」

「どうせなら、できたてを持って行っていただきたいからね」

「ふうん。梅安先生は妙なものが、お好きなのだな」

「二年ほど前にうちへおいでなすったとき、帰り途《みち》に菱屋へ寄っておあがりになってから、すっかり気に入ったそうで」

「そうか。いや、そうかも知れねえ。あの先生が黒饅頭をお好みなさるのは、なんとなく、わかるような気もする」

しばらくして、藤枝梅安があらわれた。

ときに六ツ半（午前七時）をまわっていたろう。

お才は茶菓を出しておいて、

「それでは黒饅頭を取りに行ってまいります」

「おお、すみませぬな」

「とんでもないことでございます」

お才が、亀右衛門へ、

「旦那、後をたのみましたよ。お茶をいれかえておくんなさいよ」

「よし、わかった」

お才は身仕度をして、家を出て行った。

間もなく梅安は、亀右衛門の治療に取りかかった。

五

この日。菱屋では、名物の黒饅頭を蒸しあげるのに、いつもより手間がかかった。

店ではたらいている男がひとり、腹をこわして、やすんでしまったからである。

それゆえ、お才が、注文しておいた黒饅頭を受け取って帰途についたのも、予定より四半《しはん》刻《とき》ほど遅れた。

菱屋を出たお才は、法華寺に沿《そ》った小道を急ぎ足で家に向った。

ときに五ツ（午前八時）を、かなり過ぎていたろう。

このあたりの人びとが道を歩いている。その大半が百姓姿であった。

法華寺の北側から、道は左へ曲がっていて、二手に別れる。

お才は、右の小道へ入った。このほうが近道だからだ。

人通りが少ない小道は、竹藪の中を通っている。

目黒でも、このあたりは筍《たけのこ》の名産地だから、実に竹藪が多い。

この竹藪を突き抜ければ、すぐに萱野の亀右衛門宅となる。

お才は、竹藪を出かかって、

(おや?)

おもわず、足を停めた。

小道の向うの、右側は亀右衛門の地所内の、これも竹藪である。

その竹藪の中へ、すーっと入って行った女を見たからだ。

その女は、中年女か、老婆に見えた。

背中に籠を背負い、両手に笊《ざる》を抱えていたように見えたが、はっきりしたことはわからなかった。

その女も、暗い竹藪の小道から出かかったお才には、気づかなかったらしい。

(はて、妙な……?)

それというのは、このあたりの人びとなら、塀や門がなくとも、亀右衛門所有の竹藪へ、ことわりもなく入るはずがないからである。

それより少し前に……。

治療を終えた藤枝梅安が、

「ちょっと、外へ出てごらんなさい。あなたの歩きぶりを見ましょう」

萱野の亀右衛門に杖《つえ》を持たせ、家の前庭へ連れ出していた。

「いかがです、痛みますか？」

「いえ、大丈夫でございます」

「杖を、はなしてみて下さらぬか」

「こうでございますか？」

「さよう」

亀右衛門から杖を受け取り、

「歩いてみて下さい」

「はい」

「痛みますか？」

「先生。おどろきました。全く痛まなくなりました」

「これで、すべてが癒ったとおもわないように……」

「はい、はい」

お才が、竹藪へ消えた女を見たのは、このときであった。

そこは、かつて血なまぐさい稼業をしてきた男に、長年、連れ添ってきたお才である。普通の女とは万事にちがう。すでに引退をしているとはいえ、老いた亀右衛門の一命をねらう者がいても、すこしもおかしくはないのだ。

家の前庭では、亀右衛門が、

「婆さん、何をしているのか、遅うございますなあ」

「よし。私が帰りがけに菱屋へ寄ってみましょう。今日は、早目に患者が来る約束をしていますのでな」

「それは、それは、お忙しいところを……」

「元締…… いや亀右衛門さん。もう、そんなことはいわないで下さい。その約束をしたはずだ」

「畏《おそ》れいります」

「歩いているところを御新造さんに見せておやりなさい」

「これは、どうも……」

「では、明日また。あ、そのまま、そのまま」

深ぶかと頭を下げている亀右衛門を後に、梅安は敷地内の通路を、道へ向った。

両側は、竹藪で、亀右衛門の畑は、家の裏側にあった。

で、梅安が、石畳の通路を小道へ出たとき、お才も道の左手の竹藪から姿をあらわした。

同時に、すこし前に竹藪へ消えた女が籠を背負い、笊を抱えたままの姿で、再び小道へあらわれた。女は、五十がらみの老婆に見えた。

小道へ出た藤枝梅安は、これに気づき視線を向けたが、まさか、この老婆が鵜ノ森の伊三蔵とはおもいもよらなかった。

女装によって、梅安の傍まで近づくという発想を伊三蔵が得たのは、あの上越国境に近い、深い山間《やまあい》の谷底にある坊主の湯においてであった。

若い女に化けるのはむりであったが、五十以上の老婆になら、

（化けられる）

という確信を、伊三蔵はもった。

当時の女で、五十をこえれば、心も躰も中性化し、まして物売りの老婆や百姓女ならば、細身の伊三蔵が化けて化けられぬことはない。

しかし、あれから伊三蔵は何種類もの衣裳を買い込み、これを着なれるようにしてきたし、髪も解いて、脳天のあたりに差髪《さしがみ》を入れ、うしろで束《たば》ね、引っつめ髪にすることも研究したし、その姿で町へ出て、人目につくかつかぬかを何度も試してきている。

そして、ついに、

（よし。これなら大丈夫）

との自信を得るに至った。

果して、小道へ出た藤枝梅安は、右手にあらわれた老婆姿の伊三蔵に対し、いささかも警戒をしなかったのである。

竹藪に隠れていた伊三蔵は、はじめ、萱野の亀右衛門の敷地内の石畳を歩いて来る梅安に飛びかかろうとしたが、敷地の内へあらわれては、たとえ老婆の姿をしていても、却《かえ》って梅

安に怪しまれるとおもいなおし、再び、道へ引き返した。

そこへ、梅安が出て来た。

伊三蔵は顔をうつむけ、籠を背負ったまま、腕に抱えていた笊の中の刃物の鞘《さや》をはらった。今日は伊三蔵が遣《つか》いなれた剃刀《かみそり》のような刃物ではなく、短刀《あいくち》であった。

このとき伊三蔵は、梅安の向うの竹藪から出て来た老婆（お才）に気づいたが、いまはもう気にしなかった。もともと、人通りのある路上で梅安を襲うつもりでいたのだ。

（そのほうが、却ってやりよい）

このことである。

ともかくも、矢は弦《つる》をはなれた。

藤枝梅安が、こちらを見て、少しも怪しむことなく視線を外《はず》した瞬間に、伊三蔵は、

（しめた!!）

と、直感した。

直感したが、あまり急いで飛びかかっては、一瞬の間に気づかれるおそれがある。

小腰《こごし》を屈《かが》めてよたよたと伊三蔵が近づき、笊を投げ捨てたとき、梅安は、道へ出て来たお才に気づいて、笑いかけた。

伊三蔵が笊を投げ捨て、短刀をつかんで梅安に飛びかかった。

「危《あぶな》い!!」

お才の叫びがあがった。

梅安が振り向いて伊三蔵を見た……いや、見ていたら、それよりも早く、伊三蔵の短刀は梅安の躰へ突き刺さっていたろう。

見たか、見なかったか、……。

そこは梅安も、よくおぼえていない。

お才が「危い」と叫び、それが耳へ入った途端に、梅安は水へ飛び込むように、われから前へ倒れた。

伊三蔵の短刀は梅安の右の二の腕を浅く切り裂いた。

倒れた梅安は、われからもんどりを打って、小道の向うの畑地へ転げ込んだ。

「畜生め!!」

はじめて、伊三蔵が叫び、すかさず後を追って畑へ走り込んだ。

撥《は》ね起きた梅安は、女装の伊三蔵の憎悪に燃えた白い眼を見た。

伊三蔵が短刀を揮《ふる》った。

その刃先は梅安の左の肩先を切り裂いたが、梅安は屈せずに組みつき、伊三蔵を突き飛ばした。

「野郎!!」

畑から、また小道へ突き飛ばされた伊三蔵が立ち直りかけたとき、走り寄って来たお才が、いきなり、手にした黒饅頭の籠を伊三蔵の左横顔へ叩きつけた。

はっと、お才を見た伊三蔵の股間《こかん》の急所を、梅安が蹴りあげた。

これは、たまらなかったろう。

「うっ……」

激痛に背を折った伊三蔵の手から、短刀が落ちた。

藤枝梅安は、その襟《えり》がみをつかみ、亀右衛門の敷地へ引き擦《ず》り込んだ。

お才は小道に立ち、あたりに目を配った。落ちつきはらっている。

だれも見てはいない。

梅安は通路から、さらに竹藪の中へ、伊三蔵を引っ張り込んだ。

萱野の亀右衛門は何も知らず、前庭を歩いていた。

竹藪の中で、雀が囀《さえず》っている。

遠くの何処かで、牛も鳴いていた。

竹藪の中で、気絶した伊三蔵は、ぐったりとなっている。

藤枝梅安は、衿《えり》の上前《うわまえ》の裏へ縫いつけてある〔針鞘《はりざや》〕から長さ三寸余の針を抜き取った。

これは外出《そとで》をするときの梅安にとって唯一の、護身用の仕掛針だ。

「残念だったな」

梅安の口から、しみじみとした低い声が洩れたとき、その仕掛針は伊三蔵の項《うなじ》の急所へ吸い込まれて行った。

伊三蔵の手足が激しい痙攣《けいれん》を起したが、すぐにぴたりと熄《や》んだ。

これが、鵜ノ森の伊三蔵の最後であった。

その日。

藤七は、碑文谷八幡宮の境内で、首尾よく梅安を殺して来るであろう伊三蔵を待っていた。

ところが、いつまで経《た》っても伊三蔵はあらわれぬ。

(まさか……しくじるはずはねえのだが……)

四ツ半(午前十一時)になっても、伊三蔵は姿を見せなかった。

藤七は、たまらなくなって、萱野の亀右衛門宅の前まで行ってみた。

亀右衛門宅は、いつものように、しずまり返っている。

さすがに藤七は、敷地内へ入ってみることを思いとどまったが、二度、三度と敷地のまわりを歩いてみた。

何の異状もないようであった。

伊三蔵は、藤七に、

「どの場所で仕掛けるかは、そのときになってみねえとわからない」

と、いってある。

そこで藤七は、碑文谷村一帯を歩きまわったが、変事が起った様子もない。

ついに、藤七は品川台町の藤枝梅安宅の前へ行ってみた。

(あ……こりゃあ、いけねえ)

梅安宅へは、いつものように患者が出入りをしているではないか。

患者の出入りがあるというのは、取りも直さず、梅安が治療をしていることになる。

(伊三蔵さん、返り討ちになったか……)

雉子の宮の境内へ走り込み、木蔭へ、よろめくように坐り込んだ藤七は、火鉢《ひばち》の灰のような顔色になっていた。

(うまく行くとおもったのだがなあ……)

やがて藤七は、菅笠を深くかぶり、飴売りの太鼓も打たず、悄然と何処かへ立ち去って行った。

藤枝梅安は、今日も、いつもの時刻に萱野の亀右衛門宅へ治療におもむいた。

鵜ノ森の伊三蔵を返り討ちにした日から五日が過ぎていた。

梅安は伊三蔵を討った、つぎの日も治療に来ている。その姿を、遠くから藤七が見とどけていた。

昨夜、片山清助宅へ行った彦次郎が帰って来て、梅安に、こう告げた。

「清助さんは、どうやら、京へ帰るのを思いとどまったようですぜ。梅安さんのいうとおり、これからも、江戸で商売をしたいといっていましたよ」

「そうか。それは何よりだ」

「あの人は、このごろ、顔つきが変ってきましたね」

「どう変った？」

「何か、こう……靭《つよ》い面《つら》がまえになったようで」

「ふうむ。で、眼の色は？」

「光っていまさぁ」

「そうか、よし」

梅安は、にっこりとして、

「だが、暑くなる前に、熱海へ連れて行き、ゆっくりと湯治《とうじ》させようとおもっている。彦さんも小杉さんと一緒に来てくれるだろうね？」

「いうまでもねえ」

いま、碑文谷の田圃道を歩む藤枝梅安の頰のあたりを、燕《つばめ》が一羽、矢のように掠《かす》め、飛び去った。

田圃では、田植えが始まっている。

ところで……。

鵜ノ森の伊三蔵の遺体は、萱野の亀右衛門宅の物置小屋の中の、深く掘った穴の中に安置されている。

あの日、梅安と亀右衛門が、このように始末をしたのだ。

そのとき、梅安は、こういった。

「亀右衛門さん。この男は、まるで、私の影法師のような仕掛人でしたよ」

それと聞いて亀右衛門は、遺体を物置きの中の穴へ埋めることを申し出たのである。

「此処ならば人目《ひとめ》につきませぬし、わしが毎日、新しい水を供《そな》えてやれます」

「だが、御新造さんが、気味悪くおもわないだろうか?」

「あの女は、そんな殊勝《しゅしょう》な女ではございませんよ」

「何をいわれる。御新造のおかげで、私は今度も命拾いをしたようなものだが、しかし……」

いいさして、藤枝梅安は後の言葉を呑んだ。

その暗い眼の色を見た亀右衛門には、梅安の胸の内が、すべてわかっていた。

怖かった。でも、やさしかった

北原亞以子

どうも気がかりでならぬ。

政五郎ひとりが出て歩くのならともかく、まだ歩行が自由でない平野勘太郎が一日もつづけて、

（しかも、政さんといっしょに……）

外出をしていることが不安であった。

家を出て行く文翁を、もし佐久蔵が見ていたら後を尾けたろう。


誰の文章か、すぐにわかる筈《はず》だ。独特のリズムを生む一行ずつの改行といい、余分なことをはぶくだけはぶいた描写といい、男のにおいがつたわってくるような行間といい、これはもう池波先生の文章でしかない。

念のために言えば、『仕掛人・藤枝梅安』シリーズ第五巻の、たまたま開いたページの一

部分で、登場人物の名前は、私が手許にあるパンフレットなどを眺めながら適当に変えた。政五郎が彦次郎、平野勘太郎が小杉十五郎、文翁が梅安であることは、言うまでもない。どこを切り取っても、登場人物の名前を変えても、池波先生のものとわかる文章は、物書の一人として羨《うらや》ましく思うと同時に、その作品から遠ざかりたい原因になる。池波作品を読んだあとの影響が強過ぎるのである。

意識して改行を少なくしても、緻密な描写をしても、どこかにこのスタイルが混じってくる。人にはわからなくても、自分にはわかる。池波作品を読まねばならぬことになった時、私はそのあとで、資料や童話に必ず目を通すなど、人に知られぬ苦労をしているのだ。イラストレーターの蓬田やすひろ氏からいただいた「おむすびころりん」などは、大変に重宝している。

読者にとっては、この文章のあじわいこそ池波作品の魅力、いや魔力なのではあるまいか。梅安はじめ、長谷川平蔵、秋山小兵衛など、池波先生が誕生させた男達や、彼等がぱくつく料理が池波作品の魅力であるように言われているが、実は、読者はこの文章のとりこ、穏やかならぬ言い方をすれば、中毒になっているような気がする。

繰返すが、池波作品には独特のリズムがある。不思議なにおいがある。池波作品を読み出せば、いやでもこの文章のリズムにのせられて、このにおいに酔わされるのである。正直に言えば、私はこのにおいがあまり好きではないが、その私でさえ、一冊を読み終えると、つい二冊めを開いてしまう。二冊めを読み終えると、書店へふらりと入って、三冊め、四冊めを買ってしまう。完全な中毒症状だ。

においが嫌いなどと言っていられるのは、作品を遠ざけている間だけなのである。リズムにのせられてしまえば、不思議なにおいもたまらない魅力になってしまうのだ。はじめから行間のにおいにひきつけられた人が、中毒となるのに時間はかからないだろう。

口惜しいが、この真似はできない。どこを切り取っても北原亞以子という文章を、死ぬまでに確立できるかと尋ねられれば、「さあ」と首をかしげざるをえない。中毒症状を起こさせるような文章となれば、なおさらのことだ。池波作品は、ひらたい言葉で言えば、すごくて怖いのである。


そして、先生もすごくて怖かった。

はじめてお目にかかったのは、何の文学賞であったかわすれたが、そのパーティの席上だった。といっても、椅子に腰をかけていた先生の前を、私が頭を下げて通っただけのことである。自慢にならないが、私は新人賞を受賞してから、二十年間ももがきつづけた。年に一度か二度、『小説新潮』に短編を掲載してもらえるくらいの年一小説家で、まったく無名の存在だった。頭を下げた女が誰なのか、池波先生にわかろう筈がない。

が、先生は、はにかんだような顔で笑って会釈《えしゃく》を返してくれた。やさしい人なんだと、私は勝手に思い込んだ。それが裏目に出た。二度めに会ったのも文学賞のパーティで、その時は、講談社の編集者氏が私を先生に紹介してくれた。やさしい人だと思い込んでいた私は、少々馴れ馴れしい挨拶をしたのかもしれない。

「君が北原亞以子か」

と、先生は言った。たまたま『小説新潮』に短編が掲載されていて、先生の目にとまったらしいのだが、嬉しそうな顔をした私の耳に、いきなり「気障《きざ》だ。気障《きざわ》りだ」という先生の大声が響いた。しかも、怒りの矛先《ほこさき》は、「あんなものでも掲載する奴がいる」と、担当編集者にも向けられた。その声を聞きつけて、当時私を担当してくれていた『小説新潮』川野黎子さんが飛んできてくれなかったら、先生の怒りはおさまることがなかったかもしれない。

怖かった。のちに書くが、数年後、まだまだ無名だった私を、先生はお宅へ招いてくれた。それでも怖かった。そう思っているうちに、入院したとの知らせがあり、テレビのニュースで亡くなったことを知った。

追悼文を書いてくれという依頼が、私のところへもきた。私は、すべて断った。嘘八百を書くのを仕事にしていても、追悼文に嘘は書けない。梅安を読んでも鬼平を読んでも、パーティの席上で私を怒鳴りつけた先生の顔が浮かんでくる。怖い人という印象しか、私には残っていなかったのである。

以来、何年間も、私はパーティ席上での出来事を人に喋らなかった。ごく最近、何人かの人に話したが、それは、先生が怒った理由を私なりに納得することができるようになったからだ。

頭を下げて通り過ぎようとした、どこの誰とも知れぬ女に、子供のようなはにかんだ笑顔を見せた人である。気取った小説を書くな、上《うわ》っ面《つら》だけのものを書くななどと、説教じみたことの言えるわけがない。だらしのない後輩に、先生は大声を張り上げるよりほかはなかったのだ。

池波正太郎はすごい人だったと、今頃になって私は気がついた。一年に一度か二度、それも『小説新潮』にだけ短編を掲載してもらえる情けない新人が書いたものを、梅安、鬼平、秋山小兵衛を三誌に連載して、いそがしかったにちがいない池波先生が読んでいてくれたのである。それだけでもすごいのに、こいつは下手だと本気に腹を立ててくれたのだ。新人ならこんなものだろうと突き放さず、もっとまともなものを書けと腹を立ててくれたのは、池波先生だけだった。

遊びにおいでという葉書をもらったのは、どれくらいたってからのことだっただろう。私は、喜んで電話をかけた。遊びにおいでと言ってくれたのに、この時も先生は怖かった。

「しょうがないな。一時間だけだよ」

行くのはよそうかとも思った。が、行くと言っておきながら行かなければ、やはり先生は怒るだろう。私は、おそるおそる出かけることにした。

パーティでの出来事は二、三の人に話したが、実はまだ、誰にも言っていないことがある。なに、たいしたことではない。母の長兄が、先生に少しばかり似ているのである。

似ていると言い出したのは母で、私は、ずっとかぶりを振っていた。が、それは和服姿ばかりを見ていたせいだった。お宅をたずねた時、先生はシャツに毛糸のベストを重ね、首に臙脂《えんじ》のチーフを巻いていた。インテリア関係の仕事をしていた伯父は、買ってきたネクタイに、自分で絵柄を描きくわえてしめるような男だった。失礼を承知で言わせてもらえば、母の言う通りであった。先生のシャツ姿は、お洒落でならしたわが伯父以上に、粋だったのである。

多少、緊張のほぐれた私は、その時、悩んでいた問題を打ち明けた。以下は、一度書いたことがあるのだが、先生のすごさを語るには欠かせない話なので、もう一度書かせてもらう。

年一小説家の私にも、長編を書いてみないかという話があり、苦心惨憺《さんたん》の末、私は七百枚ほどを書き上げた。が、話のはじめを書き直せという指示が出た。領地替えを願い出た藩主を国家老が諫《いさ》め、聞き入れてもらえなかったことに腹を立てて、切腹するところだった。

藩主は、水野忠邦である。当時は唐津藩主で、その年、参覲交代で江戸にいたことは間違いない。私は、国家老が領地替え大反対の家臣を代表して江戸へ行き、藩邸で切腹することにした。また、そう書いている参考書もあったのだが、時代物にくわしかった編集者氏は、国家老が江戸へ出て行くことは絶対にないと言うのである。

「藩主が国家老を呼んだことにすればいいじゃないか」

と、先生はこともなげに言った。

「いいかい、歴史を追いかけていてはだめだよ。歴史をこちらへ引き寄せなければ。小説なんだから」

この言葉を忘れたことはない。時代小説はその時代のルールに従って書かなければならないが、ルールを逆手にとることもできるのである。藩主が国家老を呼びつけるという工夫さえすれば、ルールにさからうことなく国家老が江戸へ出てこられるし、国家老を呼びつけねばならぬほど藩の情勢が逼迫していることも書けるのだ。すごいことを私は教わった。

一時間だけという約束を思い出して、私は腰を上げた。

「いいよ、もう少し話してゆきなよ」

先生は、てれくさそうに言った。私は、おそるおそる腰をおろした。誤解を恐れずに言えば、可愛い笑顔だった。が、その時にはまだ、「君が北原亞以子か」と言われた時の怖さが消えていなかった。先生のやさしさは、あとにならなければわからない。

それからまもなく、私は帰ることにした。今になってみれば、もう少し話していたかったと思うが、その一方で、長居をせず、よかったのではないかとも思う。それにしても残念なのは、「いいよ、もう少し話してゆきなよ」という言葉を、二度も三度も聞くことができなかったことである。

本文庫に収録された作品のなかには、今日の観点からみると差別的表現ととられかねない箇所があります。しかし作者の意図は、決して差別を助長するものではないこと、作品自体のもつ文学性ならびに芸術性、また著者がすでに故人であるという事情に鑑み、表現の削除、変更はあえて行わず底本どおりの表記としました。読者各位のご賢察をお願いします。

〈編集部〉

本書は、『完本池波正太郎大成16　仕掛人・藤枝梅安』（一九九九年二月小社刊）を底本としました。

新装版《しんそうばん》 梅安影法師《ばいあんかげぼうし》 仕掛人《しかけにん》・藤枝梅安《ふじえだばいあん》（六）

池波正太郎《いけなみしようたろう》

2001年7月15日第1刷発行
2003年5月15日第7刷発行

発行者——野間佐和子

発行所——株式会社 講談社

東京都文京区音羽2-12-21 〒112-8001

電話 出版部 (03) 5395-3510
販売部 (03) 5395-5817
業務部 (03) 5395-3615

Printed in Japan

講談社文庫

定価はカバーに
表示してあります

デザイン—菊地信義

製版——凸版印刷株式会社

印刷——豊国印刷株式会社

製本——株式会社千曲堂

ISBN4-06-273192-4

講談社文庫刊行の辞

二十一世紀の到来を目睫に望みながら、われわれはいま、人類史上かつて例を見ない巨大な転換期をむかえようとしている。

世界も、日本も、激動の予兆に対する期待とおののきを内に蔵して、未知の時代に歩み入ろうとしている。このときにあたり、創業の人野間清治の「ナショナル・エデュケイター」への志を現代に甦らせようと意図して、われわれはここに古今の文芸作品はいうまでもなく、ひろく人文・社会・自然の諸科学から東西の名著を網羅する、新しい綜合文庫の発刊を決意した。

激動の転換期はまた断絶の時代である。われわれは戦後二十五年間の出版文化のありかたへの深い反省をこめて、この断絶の時代にあえて人間的な持続を求めようとする。いたずらに浮薄な商業主義のあだ花を追い求めることなく、長期にわたって良書に生命をあたえようとつとめるところにしか、今後の出版文化の真の繁栄はあり得ないと信じるからである。

同時にわれわれはこの綜合文庫の刊行を通じて、人文・社会・自然の諸科学が、結局人間の学にほかならないことを立証しようと願っている。かつて知識とは、「汝自身を知る」ことにつきていた。現代社会の瑣末な情報の氾濫のなかから、力強い知識の源泉を掘り起し、技術文明のただなかに、生きた人間の姿を復活させること。それこそわれわれの切なる希求である。

われわれは権威に盲従せず、俗流に媚びることなく、渾然一体となって日本の「草の根」をかたちづくる若く新しい世代の人々に、心をこめてこの新しい綜合文庫をおくり届けたい。それは知識の泉であるとともに感受性のふるさとであり、もっとも有機的に組織され、社会に開かれた万人のための大学をめざしている。大方の支援と協力を衷心より切望してやまない。

一九七一年七月

野間省一

講談社文庫　目録

井上雅彦　竹馬男の犯罪
池宮彰一郎　高杉晋作(上)(下)
池宮彰一郎　風塵
池宮彰一郎他　異色忠臣蔵大傑作集
池部良　風、凪んでまた吹いて
伊藤結花理　ダンシング ダイエット
石坂晴海　やっぱり別れられない〈離婚を選ばなかった夫婦たち〉
石坂晴海　掟やぶりの結婚道〈既婚者にも恋愛を！〉
井上祐美子　桃天記
井上祐美子　紅顔
井上祐美子　公主帰還
井上祐美子　臨安水滸伝
井上祐美子・塚本青史・森福都　妃《ひ》・殺《さつ》・蝗《こう》〈中国三色奇譚〉
岩上安身　あらかじめ裏切られた革命
飯島勲　代議士秘書〈永田町、笑っちゃうけどホントの話〉
池井戸潤　果つる底なき
池井戸潤　架空通貨
岩本順子　おいしいワインが出来た！〈名門ケラー醸造所飛び込み奮闘記〉
岩瀬達哉　新聞が面白くない理由

井田真木子　ルポ 十四歳〈消える少女たち〉
乾くるみ　Jの神話
乾くるみ　塔の断章
伊波真理雄・石村博子　不完全でいいじゃないか！
伊東四朗・吉田照美　親父熱愛《オヤジ・パッション》PART I
伊東四朗・吉田照美　親父熱愛《オヤジ・パッション》PART II
内橋克人　破綻か再生か〈日本経済への緊急提言〉
内田康夫　死者の木霊《こだま》
内田康夫　シーラカンス殺人事件
内田康夫　パソコン探偵の名推理
内田康夫　「横山大観」殺人事件
内田康夫　漂泊の楽人
内田康夫　江田島殺人事件
内田康夫　琵琶湖周航殺人歌
内田康夫　夏泊殺人岬
内田康夫　平城山《ならやま》を越えた女
内田康夫　「信濃の国」殺人事件
内田康夫　鐘
内田康夫　風葬の城

内田康夫　透明な遺書
内田康夫　鞆《とも》の浦《うら》殺人事件
内田康夫　箱庭
内田康夫　終幕《フィナーレ》のない殺人
内田康夫　御堂筋殺人事件
内田康夫　全面自供〈浅見光彦と内田康夫 いいたい放題〉
内田康夫　記憶の中の殺人
内田康夫　北国街道殺人事件
内田康夫　蜃気楼
内田康夫　「紅藍《くれない》の女《ひと》」殺人事件
内田康夫　「紫《むらさき》の女《ひと》」殺人事件
内田康夫　藍色回廊殺人事件
内田康夫　明日香の皇子
歌野晶午　長い家の殺人
歌野晶午　白い家の殺人
歌野晶午　動く家の殺人
歌野晶午　ガラス張りの誘拐
歌野晶午　さらわれたい女
歌野晶午　ROMMY〈越境者の夢〉